돌려받지 못한 책들
버클리대학의 우리 고서

오용섭

중앙대학교 도서관학과를 졸업한 후 동대학원 문헌정보학과에서 서지학을 전공 (1994, 문학박사)하였다. 현재 인천전문대학 문헌정보과 교수로 있으며, 문화재청 문화재 전문위원 및 동산문화재 감정위원, 그리고 서지학회 및 한국서지학회 임원으로 있다.

『고려신조대장경후쇄고』로 박사학위를 받았으며, 「팔만대장경 명칭의 유래」(『서지학연구』 16집, 1998), 「버클리대학 아사미문고의 선본」(『서지학보』 30집, 2006), 「불씨잡변 초간본의 서지적 연구」(『서지학연구』 31집, 2006), 「조선전기 간행의 의옥집」(『서지학연구』 34집, 2007), 『한국은행고서해제』(4인공동, 2001) 등 다수의 논저가 있다.

돌려받지 못한 책들 : 버클리대학의 우리 고서

인쇄 | 2008년 5월 20일
발행 | 2008년 5월 30일

저   자 | 오용섭
발행인 | 한정희
발행처 | 경인문화사

편   집 | 김소라, 신학태, 김경주, 장호희, 김하림, 한정주, 문영주
영   업 | 이화표
관   리 | 하재일

주   소 | 서울특별시 마포구 마포동 324-3
전   화 | 718-4831~2, 팩 스 | 703-9711
이메일 | kyunginp@chol.com
홈페이지 | http://www.kyunginp.co.kr | 한국학서적.kr
등록번호 | 제10-18호(1973.11.8)

용지 | 서울지류   출력 | 문형사   인쇄 | 새한문화사   제본 | 바다제책

ISBN | 978-89-499-0558-7 93810   값 13,800원
ⓒ2008, Kyung-in Publishing Co, Printed in Korea
* 파본 및 훼손된 책은 교환해 드립니다.

돌려받지 못한 책들
버클리대학의 우리 고서

오용섭 지음

景仁文化社

서 문

이 책에서 말한 버클리대학이란 버클리 캘리포니아대학교(University of California, Berkeley)를 뜻한다. 원래 캘리포니아대학교는 버클리캠퍼스에서 시작하여 지금은 10곳의 캠퍼스를 가진 대학으로 성장하였다. 그 중에서 버클리캠퍼스는 맨 처음 생긴 캘리포니아대학교답게 지금도 캘리포니아 대학교의 이니셜인 'CAL'을 유일하게 사용하고 있다. 그렇지만 다른 캘리 포니아대학교와 구별하여 표현한다면 버클리 캘리포니아대학교 또는 캘 리포니아대학교 버클리캠퍼스라고 해야 한다. 그렇지만 그 이름이 너무 길어 보여 이 책에서는 우리에게 익숙한 버클리대학이라고 하였다.

이 대학의 동아시아도서관에는 우리나라의 고서 두 그룹이 전하고 있 다. 한 그룹은 이 대학이 1950년에 일본의 미쓰이[三井] 재벌로부터 구입한 아사미문고이다. 아사미는 일제시기 우리나라에 법관으로 파견되자, 조선 의 법제사에 관련된 책을 중심으로 귀중한 한국의 고서를 수집한 아사미 린타로우[淺見倫太郎]를 말한다. 그는 후일 일본으로 귀국하면서 그가 수집 한 한국고서들을 가지고 갔고, 이 책들은 미쓰이에 판매되었다. 미쓰이는 이 책 외에도 많은 일본고서와 지도를 소장하고 있었는데 일본이 전쟁에 서 패망한 후 이들을 함께 캘리포니아 대학교에 팔게 된 것이다. 현재 아사 미문고는 모두 귀중본(Rare Book)으로 구분되어 별치되어 있다.

또 다른 그룹은 아사미문고를 입수한 이후 지속적으로 구입한 한국고서이다. 전하는 고서들을 보면 도서관측은 1965년까지는 서울에서 화산서림華山書林을 운영하던 이성의李聖儀 선생의 도움을 받아 이들을 수집한 것을 알 수 있다. 이 들 중의 일부는 귀중본으로 분류되어 있다. 이 외에도 중국과 일본의 고서더미 중에서 우리나라의 고서들이 발견되기도 하지만 그 수는 극소수이다.

현재 동아시아도서관은 듀란 홀과 캘리포니아 홀 지하에 분리되어 있던 도서관을 통합하여 작년 10월 20일에 신축한 건물로 이전하였다. 새로 개관된 동아시아도서관은 대학의 중앙도서관(Doe Library)과 마주하고 있는데 기부자의 이름을 따서 지금은 C. V. Starr East Asian Library라는 이름을 가지고 있다. 필자가 얼마 전 둘러본 바로는 미국 내의 동아시아도서관으로는 최대 규모였으며, 내부의 인테리어도 최신의 건물답게 최고 수준을 갖추고 있었다.

필자는 아사미문고의 한국고서를 조사하고자 2005년에 방문학자로 버클리대학에 가서 1년간 체류하였고, 이후에도 방학 중에 가서 계속 조사하고 있다. 처음 미국으로 출발하기 전에 한국에서 이 도서관의 한국담당 부서장인 장재용 선생을 만났더니 도서관에는 아사미문고 외에도 한국고서가 많은데 그 실체를 알 수 없다면서 함께 조사해 줄 것을 부탁받았다. 그래서 먼저 이 그룹의 고서를 살피던 중 매우 많은 수가 있다는 사실을 알게 되었다. 그 중에는 귀중본으로 선별되어 아사미문고와 함께 보관되고 있는 부류도 있었고, 나머지는 대학 인근의 리치몬드에 있는 문서보관소에 수장되어 있었다. 아마 전체의 95% 이상은 리치몬드에 있는 것 같았다. 그렇지만 문서보관소에 수장 중인 고서중에서도 귀중본으로 볼만한 게 많았다.

먼저 이 고서들의 실체를 확인하고자 했지만 쉽지 않았다. 그것은 이 고서만의 목록이 없는 것은 물론 한국본이나 한국고서들을 위한 별도의 목록이 작성되어 있지 않았기 때문이었다. 그래서 이 도서관에 소장중인 한중일 모든 책들을 이전의 카드목록을 통해 살필 수밖에 없었다. 그 중에는 한국고서로 판단되지만 목록이 너무 간략한 것들도 많았다. 이러한 것들은 일일이 리치몬드의 문서보관소에 실물을 요청하여 직접 확인할 수밖에 없었다. 또 중국인 사서가 편목한 초기의 한국고서 역시 중국본으로 구분한 것들도 있어 이들도 확인을 해야만 했다. 이 작업은 체류 중 계속하였는데 2006년 2월에 와서는 근 1,400종 5,000여 책의 실체를 확인할 수 있었다.

한편 필자는 아사미문고에 대한 목록의 수정보완도 병행하였다. 아사미문고에 대한 목록으로는 이미 두 책이 있었다. 하나는 중국계인 Chaoying Fang이 편찬한 영문해제서인 『The Asami Library: A Descriptive Catalogue』이고, 또 다른 하나는 한국서지학회에서 간행한 『해외전적문화재조사목록: 미국BERKELEY대학 동아도서관ASAMI문고』이다. 당시 필자가 한 작업은 이 두 종류의 목록에 잘못되었거나 부족한 항목이 있으면 수정하거나 보완하는 것이었다.

이 두 그룹의 한국고서에 대한 조사와 보완작업이 진행되면서 버클리대학에 소장중인 고서중에는 희귀한 것이 많다는 사실이 샌프란시스코 주변의 한인들에게 언론을 통해 알려지게 되었다. 또 보계譜系에 관심이 있는 교포들도 없지 않았다. 이러한 분위기에서 현지 중앙일보의 한 기자가 한국고서 중에서 귀중한 것 들을 소개해 달라는 부탁을 하였다. 그래서 '한국고서시리즈' 라는 이름으로 약 6개월간 연재하게 되었다.

이후 이 분야에 관심을 가지고 있던 KBS의 김대홍 기자가 버클리대학의 한국고서를 취재하게 되면서 필자도 취재를 도왔다. 이 프로그램은 2006년 여름에 9시뉴스와 그가 담당하던 〈취재파일4321〉에 '버클리의 한국고서'와 '아사미문고를 아시나요?'라는 제목으로 두 차례에 걸쳐 방송되었다. 이 방송 탓에 국내에서는 이 대학의 한국고서에 대해 관심이 증대되었다. 방송이후 고려대학교 민족문제연구소에서 정부지원을 받아 필자에 이어 아사미문고를 제외한 한국고서에 대해 목록작성과 함께 조사를 하고 있는 것으로 알고 있다.

이 책은 버클리대학에 소장중인 두 그룹의 한국고서 중에서 대중적으로 이야기할만한 책 16종을 선정하여 소개한 것이다. 이 중에는 현지 중앙일보의 '한국고서시리즈'에서 소개된 것들이 대부분이다. 당시 신문에 연재한 분량은 한 편당 원고지 12매 정도여서 하고 싶은 이야기를 하지 못한 것이 많았는데 이제 보충하게 되었다.

원고를 작성하고 이 책을 출판하기까지에는 감사드릴 사람이 많아 모두 밝히기 어렵다. 그렇지만 장재용 부서장과 박숙자 선생님, 그리고 당시 귀중본 담당 사서였던 브루스(Williams, Bruce)에게 감사하다는 말을 전하지 않을 수 없다. 또 이 책의 간행을 흔쾌히 맡아준 경인문화사 한정희 사장과 직원여러분에게도 감사드린다.

필자가 버클리대학에서 연구 중일 때 슬픈 일이 있었다. 스승이신 원당 심우준 선생님께서 세상을 달리하신 것이었다. 필자가 조교시절 몸소 학문하는 방법을 보여 주신 스승이셨다. 늦었지만 스승님의 영전에 이 책을 바치고 싶다.

무자년 정월 호두나무골 구기당求己堂에서 쓰다.

목 차 *Contents*

乃獲此千古曠絕之　恩寵雖欷

雲翰聚首惶感踰袞之　褒非敢承

當而拱璧之珍寔宜分玩謹茲摹

石而印之又繪前徽三　盛舉及

臣等錬臺之會列書諸臣姓名於

其末作帖以　進又各藏一本此

亦承

上命也

敬謹跋

庚辰四月　日

行戶曹判書臣　洪鳳漢奉

개천 바닥을 치워 물길을 열어야지

준천계첩 濬川稧帖

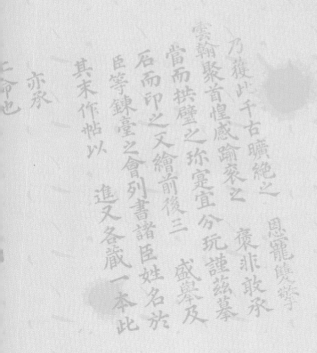

개천 바닥을 치워
물길을 열어야지

청계천복원사업이 완료되어 청계천은 이제 자연의 물소리와 함께 쾌적한 공기까지 제공하는 시민들의 휴식처가 되었다. 다시 우리에게 돌아온 청계천을 잘 가꾸어 자연과 인간이 함께 사는 환경 복원의 본보기가 되었으면 한다.

본래 이름이 '개천開川'이었던 청계천은 조선이 한양을 도읍지로 정한 이후 물길을 만든 것으로 알려져 있다. 강이나 개천은 세월이 지나면 으레 바닥에 토사가 쌓이므로 범람을 막기 위해서는 준설을 해주어야 한다.

나의 마음은 오직 준천에 있다

청계천은 시가지를 통과하고 있어 더욱 준설이 필요했다. 조선 시대의 가장 방대한 준설 작업은 영조 36년(1760)에 있었다. 당시의 일이《영조실록》과《만기요람萬機要覽》등에 전하고 있으나 그 내용이 간략해서 구체적인 사실은 알 수가 없다.

이와 달리《준천계첩》은 당시 작업의 전모를 그림과 함께 자세히 소개하고 있다. '준천濬川'은 "개천 바닥을 파서 쳐내다"라는 뜻이다. 이러한 일을 현재는 '준설濬渫'이라고 하지만, 바다가 아닌 개천만을 파서 쳐내던 시절에는 '준천'이라고 했다. 작업은 그 해 2월 18일에 시작되어 57일 만인 4월 15일에 끝났는데, 동원된 연인원延人員이 모두 21만 5천 380여 명이나 되었다고 한다.

영조가 "나의 마음은 오직 준천에 있다(予之一心, 在於濬川)"며 지극한 관심을 두었던 준천 사업은 탕평蕩平, 균역均役과 함께 그의 3대 업적에 속할 만큼 중요한 일이었다.

영조는 이 일을 시행하기 수년 전부터 많은 백성과 신하들에게 이 일의 시행 여부에 대해 자문을 구하기 시작한다. 준천을 시작하기 6년 전인 영조 30년(1754)에 실시한 과거에서도 이러한 내용을 물어 보았다. 이날 영조가 물었던 계책의 제목이 바로 '개천을 트는 것이 이로운지 해로운지'였던 것이다. 시험에서 으뜸을 차지한 이담李潭에게는 최종 등위시험인 전시殿試에 바로 임할 수 있는 포상도 주었다.

준천 한 해 전 10월 6일에는 그동안 수십 차례 구한 의견을 마무리하였다. "도랑이 막혀 풍토병이 생기는 폐단이 있다며 어떻게 하는 것이 옳은지를 물으니 모두가 내를 파내는 것이 편리하다"는 말을 했다며 신하들에게 공포하고, 홍봉한洪鳳漢(1713~1778) 등을 준천당상濬川堂上으로 임명한다. 며칠 뒤에는 지역 주민들에게 준천 공역公役은 백성들을 위한 것이니 억지로 할 것은 없고 자원하기를 명령하였다.

준천 공역은 바닥에 쌓인 모래흙을 치운 뒤 무너진 다리를 보수하고, 양쪽 기슭의 일부를 돌로 쌓는 작업이었다. 그런데 막상 일이 시작되자 뜻밖의 일들이 생기기 시작했다. 준천이 시작되고 얼마 지나지 않아 영조는 쌓여 있던 모래흙더미 속에서 사람의 유골이 나왔다는 보고를 받는다. 이에 영조는 유골을 베로 싸서 지대가 높고 깨끗한 곳에 다시 묻고, 준천이 끝난 뒤에 제단을 설치해 제사를 지내라는 명령을 내린다. 또 백성들의 피해가 없도록 하기 위해 준천으로 피해를 보게 된 집들을 준천소濬川所에서 매입하도록 지시하였다.

이렇게 영조는 준천을 시행하기 수년 전부터 신하와 백성들의 의견을 폭넓게 구하였고, 일단 준천할 것을 결단하자 지체 없이 이를 시행하였다.

준천을 기념하는 책을 만들어 나누어 가지다

밀랍으로 문질러 문양이 선명한 앞표지에는 세로로 《濬川禊帖》이라는 제목을 적은 종이가 붙어 있다. 책을 펼치면 어제어필御製御筆을 시작으로 어제사언시御製四言詩, 네 장의 그림, 준천소좌목濬川所座目, 그리고 발문이 있는데 모두 비단을 이용하였다. 수록된 그림은 채색이 뛰어나고 매우 정밀하며, 장정 역시 아주 고급스럽다.

어제어필은 "준천하는 여러 곳에서 보고 포상함은 갸륵하게 여겨 함이

《준천계첩》

니 사양하지 말라[面賜濬川諸堂, 以示嘉尚, 仍命勿謝]"는 내용이다.

어제사언시는 "준천 공역을 끝냄은 그대들이 정성을 다함이었다. 나는 들었노라. 광무제가 뜻이 있으면 마침내 이루어 낸다고 한 것을[濬川功訖, 卿等竭誠, 予聞光武, 有志竟成]"이라는 내용이다. 여기서 '유지경성有志竟成'이란 '유지자사경성有志者事竟成'에서 나온 말로 "뜻이 있는 사람은 마침내 일을 이룬다"는 의미이다. 많은 사람들이 좌우명으로 삼는 이 말

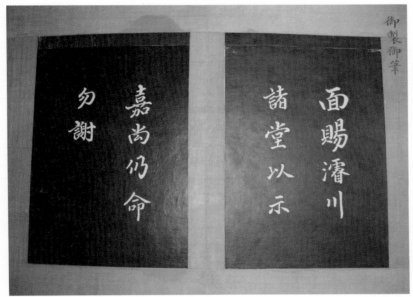

御製御筆

面賜潘川
諸堂以示

嘉尚仍命
勿謝

어제어필

은 후한의 광무제 유수劉秀와 부하 장군 경엄耿弇의 고사에서 나왔다.

경엄은 처음 선비였으나 군인이 되어 후일 광무제인 유수를 위해 많은 공을 세우기 시작하였다. 마무리 전투에서 장보張步와 싸우던 중 전열을 가다듬은 장보의 공격에 다리 부상을 입고 거의 패배 직전까지 가게 되었다. 이때 부하 한 사람이 왕의 지원병이 오면 다시 공격하자고 제안하였다. 그러나 경엄은 오히려 이를 꾸짖으며 "우리가 소를 잡아 잔칫상을 차린 다음에 왕을 맞이해야 한다"며 싸워 마침내 승리하였다. 이윽고 왕 유수가 도착하여 이 사실을 알고 "옛날 한신은 한나라의 기초를 다졌는데 오늘은 그대가 천하를 평정하였으니 유지자사경성有志者事竟成을 보였다"라고 하였다.

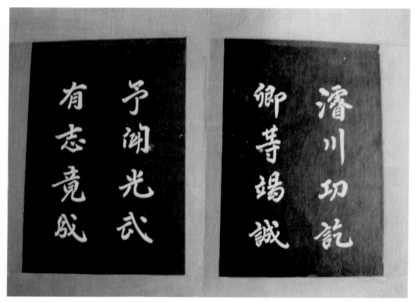
어제사언시

영조가 이러한 비유를 한 것은 준천 작업이 그만큼 어려웠기 때문이었을 것이다.

어제사언시에 이어서 네 장의 그림이 나온다. 첫 번째 그림의 제목은 〈수문상친임관역水門上親臨觀役〉으로 "오간수문五間水門 위에 친히 임하여 준천 공사를 보시다"는 뜻이다. 준천이 거의 완성되어 가던 그 해 4월 9일 영조가 작업을 독려하기 위해 오간수문에 간 사실을 그린 것이다. 이 일을 《영조실록》은 이렇게 기록해 두었다.

큰 제사를 마친 뒤에 오간수문에 임하여 준천 공사를 보시었다. 이때 비바람이 거세게 몰아쳐 내의원, 승정원, 홍문관에서 만류하였지만 임금이 받아들

〈수문상친임관역〉

이지 않으셨다.

영조가 오간수문에 와서 준천 작업을 격려한 것은 이번이 처음은 아니었다. 《준천사실濬川事實》에서는 이날 임금이 오신 것을 또 왔다고 기록해 두었기 때문이다.

그림은 준천 공사를 매우 사실적으로 묘사하고 있다. 수문 위에 8개의 기둥을 세워 만든 임시 포막 안에서는 영조와 신하들이 이야기를 나눈다. 작업 현장을 자세히 보려 했던 것인지 옆에도 임금이 앉을 자리를 하나 더 마련해 두었다. 왕족을 그리지 않는 원칙에 따라 영조는 보이지 않는다. 신하들은 붉은색, 푸른색, 녹색 등의 조복을 입었다. 수문 아래에서는 네 사람이 각기 소를 몰면서 쟁기질을 하여 단단한 모래흙을 파헤쳐 놓고 있다. 이 일이 끝나면 두 사람 혹은 세 사람씩 짝을 이루어 가래에 끈을 묶어 이 모래흙들을 걷어 내는 것이다. 벌써 4월 초, 개천 양쪽 기슭에는 버드나무 색깔이 짙다. 버드나무 아래로 좌우 합해 약 50명의 관료들이 서 있는데, 곁에는 음식이 준비되어 있다. 오간수문의 다리 기둥 네 개 중에서 첫 번째와 넷 번째 기둥에는 거북 문양을 새겨 놓았다.

오간수문이란 다섯 칸으로 된 아치형 수문을 말한다. 이것은 다리가 아니라 물이 잘 빠져나가도록 성곽 아래에 만든 수문이었다. 수문을 관리하기 위해 앞부분에 긴 돌을 놓아 사람들이 건너다니도록 했으니 부수적으로 다리의 기능도 있었던 셈이었다. 준천 작업 중에서 가장 힘든 오간수문 공사를 6일 만에 끝내자 영조는 "정말로 사람들이 하늘을 이긴 것입니다"라는 홍봉한의 말을 인정하며 칭찬하였다. 안타깝게도 이 수문의 원형은 1907년에 해체되었고, 이듬해에는 수문의 성벽까지 제거한 뒤 같은 자리에 콘크리트로 만든 다리를 세워 '오간수교'라고 부르기 시작했다고 한다.

두 번째 그림은 〈영화당친임사선映花堂親臨賜饍〉으로 "영화당에 친히 임하여 음식을 내려주시다"는 뜻이다. 그 해 4월 16일의 일이다.

《영조실록》에는 이날의 일을 이렇게 적어 두었다.

임금이 춘당대에 가시어 준천소의 당상과 낭청들의 활쏘기 시험을 본 뒤 잔치를 베풀어 주었다. 이어 내준천 당상인 홍낙성의 품계를 올려 주었다. 이창의, 홍계희, 홍봉한은 당시 사람들 사이에 개천당상開川堂上이라는 비난이 있었다.

영화당은 창덕궁 후원에 있는 건물로 정조 이후에는 과거의 최종시험인 전시를 치른 곳이다. 그날 활쏘기 시험을 본 춘당대春塘臺는 돌을 쌓아 만

〈영화당친임사선〉

들었는데, 영화당 앞에 있었다. 지금도 우리가 변함없이 유구한 것을 가리켜 "춘당의 봄빛이 예나 지금이 같다(春塘春色古今同)"라고 하는데, 여기에서 말하는 '춘당'이 바로 그곳이다.

세 번째 그림의 제목은 〈모화관친임시재慕華館親臨試才〉로 "모화관에 친히 임하여 시험 광경을 보시다"는 뜻이다. 이 일은 4월 23일에서 26일까지 나흘 동안 계속되었다.

《영조실록》에는 이날 행차한 영조의 모습도 함께 기록하고 있다.

임금이 모화관에 가시어 각 군문과 준천소 군병이 총과 포를 쏘는 광경을 직접 보시었다. 임금이 군복을 갖추어 입고 말을 타는데 능에 갈 때의 전례로 하였다.

〈모화관친임시재〉

　모화관은 중국의 사신을 맞이하던 곳으로 궁궐에서 제법 떨어진 지금의 서대문 밖에 있었다. 조선 초부터 매년 단오일이면 임금이 이곳에 가서 군대를 사열하고 활쏘기를 구경하였는데, 이때에는 총포 시험이 열린 것이다.

　네 번째 그림의 제목은 〈연융대사연鍊戎臺賜宴〉으로 "연융대에서 잔치를 내리시다"는 뜻이다. 이날은 영조가 참석하지 못했다.

　임금의 명령에 따라 도청 이하 군졸, 아전, 노복까지 모두 연융대에 모여 잔치를 열었다. 앉아 있는 관료들을 위해 음식을 나르는 사람들 모습이 여간 분주해 보이지 않는다. 그런데 이 사람들의 모습을 생략해 버린 국내 전본도 있다. 연융대는 영조가 부근에 총융청摠戎廳을 설치한 뒤 탕춘대蕩春臺라는 이름은 바르지 않다며 고친 곳으로 당시에는 군사를 훈련

<연융대사연>

하는 장소였다.

　네 장의 그림에 이어 목판으로 흰색 비단에 찍은 준천소좌목이 나온다. 여기에는 작업부서인 준천소의 관원 명단과 동원된 연인원을 다섯 장에 기록해 놓았다. 삼공구관三公句管, 제조提調, 내준천소당상內濬川小堂上, 별간역別看役, 패장牌將, 원역員役, 역군총수, 별소감동別所監董, 별소패장, 별소원역 등으로 나누고 각기 그 대강을 기록하고 있다. 이 중에서 영의정 김상로金尙魯와 홍계희洪啓禧, 구선복具善復의 이름에는 별도의 표시를 해 놓았다. 역군은 지역 주민, 군대 장교와 병사, 시장 상인, 외지 주민, 자원군, 승군僧軍, 모군募軍 등으로 다양한 계층의 백성들이 참여했다. 그 중에서 품팔이를 하는 단순 잡역부인 모군이 6만 3천 3백여 명으로 가장 많았다.

끝으로 홍봉한이 영조의 명을 받아 지은 발문이 있다. 준천은 필요하지만 그 시행에는 어려움이 많다는 설명으로 시작한다.

> 서울의 개천을 통하게 한 것은 세종 때인데 중간에 개천을 치운 일은 살필 수가 없습니다. 근래에 내려오면서 메워지고 막혀서 백성의 근심거리가 되었으며 해가 갈수록 더욱 심해졌습니다. 그래서 준천은 필요합니다. 준천하지 않았을 때의 피해는 말하기 어렵습니다. 그러나 준천 공역은 쉽지 않은데다 혹 일을 하다가 중도에 그만두면 그 피해가 전보다 더 클 것입니다.

어려움이 예상되던 준천을 영조가 결단하자 신하들도 이를 따라 공역을 결정하게 되었다며 준천 공역 중에 영조가 격려한 일들을 적고 있다.

> 신등이 명을 받아 공역을 감독한 것이 대개 육십 일이었습니다. 백성들은 다투어 자원하고, 하늘도 비를 내리지 않아 마치 서로 돕는 것 같았습니다. 임금께서는 동문(오간수문)에서 공역을 보시고, 금원(영화당)에서 음식을 내리셨으며, 모화관에서 총포 사격 시험을 열었는데 매우 성대하게 하셨습니다. 신등에게 이 공역을 감독한 여러 사람들을 인솔하여 연융대에서 잔치를 베풀도록 명하시니 성은이 두텁다 하겠습니다.

엄청난 준천 공역을 60일(정확하게는 57일)만에 마친 것은 하늘이 돕고 백성들이 자원하였기 때문이라고 하였다. 이어 영조가 공역 현장에 와서 격려한 일, 음식을 내린 일, 그리고 사격 시험을 본 일들을 차례로 말하고 있다. 이것은 앞의 그림에서 소개된 내용이다.

준천이 끝나자 개천 바닥의 경계를 표시하기 위하여 수표교 서쪽에 수

표석을 만들고 '경진지평庚辰地平'이라는 네 자를 새겼다. 이 표석은 이후 준천의 표준이 되었다.

발문은 이 책을 만들게 된 까닭을 밝히며 끝을 맺는다.

또 전후 세 차례 성대하게 하신 일과 신들의 연융대 모임을 그림에 담고, 끝에는 여러 신하들의 성명을 써서 책을 엮어 올립니다. 또 각자 한 부씩을 가지니 이 또한 임금의 명을 받든 것입니다. 경진 4월 일 홍봉한은 명을 받들어 삼가 발문을 짓다.

발문에 따르면 이 책은 당시 영조의 명령에 따라 왕과 관료들이 준천 공역을 후일까지 기념하고자 만든 것이다. 이것과는 별도로 후대에 같은 공

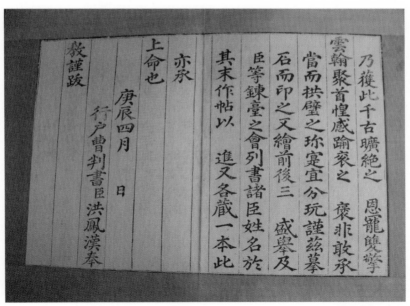

홍봉한의 발문

역을 할 때 참고할 수 있게 준천 공역의 전체 일정과 소비된 재원 등을 자세히 기록할 필요가 있었다. 그래서 만든 것이 《준천사실》이다. 《준천계첩》이 군신간의 기념적인 성격을 가진 것이라면, 《준천사실》은 후대에 참고가 되도록 남긴 것이다. 영조는 준천을 시작한 지 근 한 달이 되어가던 3월 16일 다음과 같이 말한다.

> 준천을 위한 대책은 역시 찾기 어렵다. 이제는 그 실마리를 알 수 있겠다. 이미 자그마한 책 하나를 만들도록 명하고 《준천사실》이라고 이름 지었다. 책이 완성되면 서문을 지어 내리겠다.

후일 완성한 서문에서 영조는 "수백 년이 지나도 지금의 일을 생각할 것이니 후일 누구라도 개천이 막히지 않고 물이 잘 흐르도록 해야 한다"며 준천의 중요성을 말하였다.

영조에게 바쳤던 유일본은 이역만리 미국 땅에

《준천계첩》과 같이 '계첩' 이라는 이름이 붙은 책들은 18세기 중반까지 관료들이 결성한 계회契會에서 만들었다. 이런 책을 만들 때는 관청이나 궁중에서 보관하기 위한 책 한 권과 고위 관료들이 나누어 가지기 위한 책 여러 권을 함께 만들었다. 관청 등의 보관용은 유일본이 되고, 나누어 가진 것은 부본副本이 되는 것이다.

현재 국내에는 이 책과 이름이 같거나 비슷한 책이 여러 권 있다. 그 중 한 전본은 영인 국역되어 《청계천을 가꾸다》(이해철 역, 파주, 열화당, 2004)라는 서명으로 이미 일반에 보급되었다. 이런 국내 전본은 홍봉한이 발문에서 "각자 1부을 가졌다"고 했던 바로 그 책들이다. 당시 몇 부가 완성되었는지 알 수 없는 이 전본들은 영조에게 바친 유일본에 비해 여러 면에서 격이 떨어진다.

의금부도사들의 계모임인 《금오계첩》

동일한 내용을 담고 있는 의궤儀軌라도 임금이 보는 어람용御覽用과 보관용인 분상용分上用은 그림의 정밀성과 채색도, 그리고 장정의 정교성 등에서 매우 큰 차이가 있다. 계첩의 유일본과 부본 역시 마찬가지다. 유일본은 당대 최고 수준의 화가가 아주 정교하게 채색한 예술성 있는 작품인데 비해, 부본은 실무적으로 활용하기 위해 만들어진 것이다.

청계천을 복원하면서 이 책에 소개된 여러 그림과 글씨를 도자 그림으로 만들어 벽화로 재현했는데, 〈수문상친임관역〉 역시 그 중 하나였다. 영인 국역본에 소개된 그림과 청계천에 벽화로 재현된 작품을 보면 버클리대학 소장본에 비해 화법이 부족한 것을 알 수 있다. 기슭에 서 있어야 할 관료들이 작업하는 사람과 함께 모래흙 위에 서 있는 듯 하고, 버드나무 또한 생동감이 전혀 없다. 전체적인 채색감도 많이 떨어진다. 버클리대학에서 소장하고 있는 이 책이 처음 영조에게 바친 유일본 《준천계첩》이 분명해 보인다.

庚寅

上候平復

王世子平復合二慶增廣文武科殿試榜目

慶德宮崇政殿試儒生

讀卷官議政府領議政李　　畬

兵曹判書

對讀官

吏曹參判　　　　　　閔鎮厚

禮曹參議　　　　李晚成

刑曹參議　　任胤元

弘文館校理　申　鍾

그는 왜 답안지에 동그라미를 남겼을까?

경인증광방 庚寅增廣榜

庚寅
上候平復
王世子平復合二慶增廣文武科殿試榜目
慶德宮崇政殿試儒生
讀卷官議政府領議政李 畬
　　　兵曹判書　閔鎮厚
　　　　　判　李晚成

그는 왜 답안지에
동그라미를 남겼을까?

조선시대 과거는 자子, 묘卯, 오午, 유酉에 해당되는 3년마다 열리는 식년시式年試 이외에도 부정기 시험이 여러 종류 있었는데, 정원을 늘려 뽑는 증광시增廣試도 그 중 하나였다.

문과는 통훈대부通訓大夫 이하만 응시할 수 있는 자격이 있었다. 그러나 실제로는 관직이 없는 일반 유생인 유학幼學에게도 수험 자격이 주어졌는데, 이에 속하는 집단은 경중사학京中四學의 학생과 지방 향교의 교생들이었다. 그러나 이후에는 그 의미가 변하여 유교 도덕을 실천하며 책만 읽는 식자층을 가리키는 말로 사용하였다.

무과는 강서講書와 무예를 시험의 대상으로 삼았다. 응시하는 인물들은 한량閑良이 많았는데, 이들은 관직 없이 한가롭게 사는 사람으로 양인良人 이상의 신분이었다. 한량 역시 조선 후기에 와서는 무예를 잘하여 무과에 응시하는 사람을 일컫는 말로 바뀌게 되었다.

우리가 흔히 말하는 《사마방목司馬榜目》이란 소과小科인 사마시, 곧 생원시와 진사시의 합격자 명부로 형식과 내용은 《문과방목文科榜目》과 동일하다. 생원시는 유교 경전을, 진사시는 시부詩賦의 재능을 평가 대상으로 하였다. 조선 후기로 갈수록 고령자의 지원이 늘어 심지어는 칠팔십 대의 합격자도 생겨나게 되었다. 그래서인지 생원은 허생원, 이생원과 같이 나이 많은 선비에 대한 존칭어가 되기도 했다.

과거 합격자 명부는 크게 둘로 나눌 수 있다. 한 시험의 급제자만을 수록한 단과방목單科榜目과 역대 문과 급제자를 연대순, 시험 종류별, 성적순으로 종합해 놓은 《국조방목國朝榜目》이 그것이다. 《국조방목》은 대체로 18

세기 중엽부터 편찬되기 시작했고, 그 이전에는 단과방목으로만 편찬되었다. 단과방목의 기술 형식은 급제자의 성명, 자字, 생년간지, 본관, 거주지를 비롯하여 아버지의 관위官位와 생존 여부, 형제 이름과 자 등을 차례로 나열하는데, 그 밖의 다른 방목도 기술 형식은 같다고 보면 된다.

숙종과 세자의 쾌유를 축하하는 뜻으로 증광시를 실시하다

《경인증광방》이란 경인년인 숙종 36년(1710) 6월 8일에 있었던 증광시의 문무과文武科 급제자 명단이다. 앞표지에는 《경인증광용호방목》이라는 표제가 있는데 용龍은 문과, 호虎는 무과를 뜻한다. 증광시란 나라의 큰 경사가 있을 경우에 임시로 실시한 과거로, 절차나 과목은 정기 시험인 식년시와 같다. 경인년에 있었던 증광시는 숙종과 세자가 병이 나아서 함께 건강을 회복하자 실시한 것이다.

이해 과거를 실시하기 1년 전부터 숙종은 종창과 함께 체온이 오르고 입맛까지 없어지는 병세를 보이고 있었다. 숙종은 이러한 증세를 마음속 울화 때문에 몸과 마

《경인증광방》

음이 답답하고 열이 높아지는 심화병心火病으로 알고 있었으나, 주위에서는 한기와 열기가 번갈아 일어나며 학질瘧疾과 증세가 비슷한 한열증寒熱證이 재발한 것으로 여겼다.

숙종의 병세는 시급한 문서도 결재할 수 없어 병세가 호전될 때까지 승정원承政院에 모든 문서를 두게 할 정도로 심각했다. 특히 종창이 매우 심하여 곪은 부위를 째고 그 속에 약을 넣었고, 탕약과 알약도 여러 번 바꾸어 복용하기 시작했다. 이렇게 내·외과 치료를 병행하자 경인년 정월부터 병세가 호전되기 시작하더니 2월에는 마침내 건강을 완전히 회복하였다.

세자 역시 지난 가을 학질을 앓다가 쾌유했기에 숙종은 이 경사를 바로 종묘에 고하고 대사령大赦令을 반포한다. 의례적인 절차에 따라 예조에서는

> 전하의 건강이 회복되어 이미 종묘에 고하고 팔도에 대사령을 반포하였으니, 과거시험을 실시하여 인재를 뽑는 것을 지금부터 응당 하여야 할 일입니다. 또한 세자의 학질이 나은 경사까지 있었으므로 따로 증광시를 실시하여 경사를 함께 축하하는 뜻을 보이시기 바랍니다.

라고 건의하자 숙종이 이를 옳다고 여겨 시험을 실시한 것이다.

드디어 시험 날짜가 다가왔다. 문무과 모두 이날 최종시험인 전시殿試에 앞서 4월 11일에는 초시初試, 5월 28일에는 회시會試를 치러 이날 시험에 응시할 인원을 선발해 두었다. 시험 장소는 문과는 경덕궁敬德宮 숭정전崇政殿, 무과는 모화관慕華館이었다. 문과 시험 장소인 경덕궁은 광해군 8년(1616)에 세워졌는데, 뒷날 영조 36년(1760)에 경희궁慶熙宮으로 이름을 바꾼

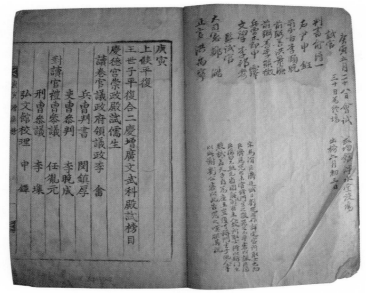

필사된 회시감독관과 문제

곳이다. 경덕궁이 수험장이 된 것은 1624년 이괄李适의 난으로 창경궁이 불에 타자 그 해 2월부터 왕의 거처가 이곳으로 옮겨졌기 때문이었다. 이날 표의 제목은 "송나라 참지정사參知政事 필사안畢士安이 '임금이 장차 정승을 시키겠다 말하고 또 함께 정승을 할 만한 자가 누구인지를 물은 것'에 감사하다"는 것이었다.

최종순위 발표는 그달 15일에 있었는데, 문과 갑과甲科 3인은 1등 박징빈(30세), 2등 윤석래(45세), 3등 황유(40세)였다. 문과 합격자 중에서 서울 거주자는 갑과 3인 중 3인, 을과 7인 중 5인, 병과 31인 중 15인이었다. 그 당시나 지금이나 서울의 교육 환경이 우수하였나 보다.

이 책은 사주갑인자四鑄甲寅字인 무신자戊申字로 간인되었고, 국내에도 전본이 있다. 하지만 이 책이 지닌 특별한 가치는 따로 있으니, 전시 이전에 치렀던 회시에 대한 기록이 앞표지 뒷면과 그 다음 장 여백에 필사되어 있는 것이다.

필사된 기록을 보면 그 해 5월 28일 성균관 반수당泮水堂에서 시작된 회시는 30일이 되어서야 끝났고, 합격자 발표는 6월 3일에 있었다. 시관은 판서 유득일兪得一 등 6인, 감시관은 정호鄭澔 등 2인이었다.

당시 1등 3인은 이태원, 권두경, 강필보였다. 그러나 이들이 전시에서 얻은 결과는 이와 전혀 달랐다. 이태원은 을과乙科 4등, 권두경은 을과 14등, 강필보는 병과丙科 말석이 된 것이다. 반대로 전시 갑과 3인의 회시 등위를 보면 장원급제한 박징빈과 2등 윤석래는 3등급이었고, 3등 황유는 2등급이었다. 회시의 등위가 최종시험인 전시에 어떠한 영향도 주지 못했

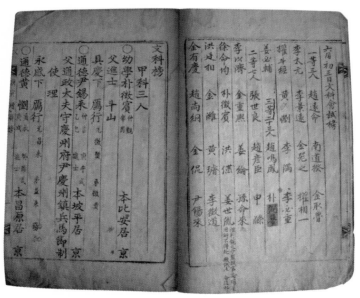

회시 등위 필사

다는 것을 알 수 있다. 회시 합격자 33인 전원이 동일한 위치에서 등위시험인 전시에 응시했던 것이다.

또 부정행위를 한 응시자의 사후 처리에 대해서도 간략히 적어 놓았다. 회시 3등 제23인에 합격한 강세윤의 부정행위가 드러나자 전시에 응하지 못하게 하고 전시가 모두 끝난 뒤 회시 합격자로 인정했다는 것이다.

강세윤의 부정행위를 어떻게 처리할 것인가?

부정행위자로 지목된 강세윤姜世胤(1684~1741)은 당대 최고 권세가였던 예조판서 강현姜鋧(1650~1733)의 큰 아들이었다. 이 사건으로 부정행위를 저지른 당사자는 물론 과거를 관장하던 예조의 수장 강현도 혹독한 시련을 당하게 된다.

아버지 강현은 아들의 회시 합격을 위해 이미 마음을 쓰고 있었다. 비록 아들이 없던 형 강선에게 큰 아들 세윤을 양자로 보냈지만, 자신이 낳은 아들이 집안의 동량이 되기를 바라는 아버지의 마음은 어쩔 수 없었다. 강현은 이번 과거에 아들을 응시시키기 위해 시험관을 맡지 않기로 결심했다. 그래서 시험 날짜가 다가오자 임금의 부름에도 응하지 않고 근신까지 한 것이다.

과거에서 저질러진 부정행위가 이번이 처음은 아닐 텐데 왜 일이 이렇게 크게 벌어진 것일까? 이는 과거를 보던 응시자들의 안이한 자세가 이미 논란거리가 되고 있었기 때문이다.

당시 응시자들 중에는 공식적으로 이단시하고 있던 노장과 불교의 글을 인용하는가 하면, 문체도 정해진 규칙을 따르지 않는 사람들이 제법 있었다. 직전에 치른 시험에서는 김만중金萬重(1637~1692)의 《서포만필西浦漫筆》을 모방하여 머리글을 만든 합격자들을 명단에서 빼기도 했다. 지방 응시자들은 시험 문제인 제목을 고쳐 달라거나 일부러 생트집을 잡아 시험관들을 모욕하기도 했다. 이로 인해 시험장이 난잡해지고, 심지어는 시험을 그만두는 일까지 벌어질 지경이었다.

이런 까닭에 과거 응시자들의 문체나 시험 분위기가 쇄신되어야 한다는 여론이 곳곳에서 제기되고 있었던 것이다. 게다가 감독관인 유득일은 부정행위 사건을 자세히 조사하여 그 간교한 진상을 모두 밝혀 버렸으므로 어떤 방식으로든 그 일을 수습해야만 했다.

부정행위는 회수한 답안지를 베끼는 과정에서 저질러졌다. 베낀 답안지 중 어느 하나의 글씨가 아주 정교한데다 의심스러운 자취가 뚜렷했던 것이다. 확인해 보니 바로 강세윤의 답안지였다. 물론 이 답안지의 주인이 예조의 수장 강현의 아들인 것을 알고서 모른 채 넘어갈 수도 있었을 것이다. 그러나 감독관은 소신이 분명하고 타협할 줄 모르는 유득일이었고, 당시 과거 응시자들의 기강이 그냥 넘어갈 수 없을 정도로 무너진 것도 이 사건을 수면 위로 떠오르게 한 원인이 되었다.

답안지를 다시 베껴서 평가하는 방식에는 관료들의 조직적인 부정이 개입될 여지가 있다. 그러나 베끼는 과정에서 불미스러운 일만 없다면, 다양한 표시가 가능한 응시자의 친필을 직접 평가하는 것보다는 부정이 개입될 소지가 오히려 줄어든다. 그래서 응시자가 작성한 답안지를 서리들이 다시 붉은 글씨로 베낀 다음 이를 평가하는 방식을 유지하고 있었던 것이다.

강세윤의 답안지를 자세히 살펴보니 글씨가 정교했을 뿐 아니라, 그 내용이 함께 합격한 손명래孫命來의 것과 30줄이나 동일한 것이 아닌가. 베끼는 과정에서 서리들이 한 것인지 시험장에서 강세윤이 옮겨 적은 것인지 분명하지 않았으나, 나중에 조사하니 강세윤이 손명래의 글을 보고 썼다고 자백하였다. 더욱이 강세윤은 서리에게 답안지를 베낄 때 잘 써줄 것을 몰래 부탁하면서, 답안지 두 번째 구와 마지막 구에 동그라미와 네모를 남겨 자신의 것임을 표시하겠다고 알려주기까지 했다.

이 불미스런 사건으로 강세윤은 최종시험에 참가하지 못하고 변방의 군사로 쫓겨난다. 게다가 대사령에 관계없이 영원히 과거 응시자격이 박탈되는 치욕까지 당하게 된다. 그러나 일은 거기에서 끝나지 않았다. 아버지 강현이 부정행위를 공모했으니 함께 벌을 주어야 한다는 목소리가 높아지기 시작한 것이다.

숙종은 처음 의금부의 보고를 받고 그냥 넘어가고자 내버려 두라고 하였으나 규탄은 끊이질 않았다. 사헌부司憲府에서는 강현이 아들을 위해서 시험장으로 들어갈 수 없는 서리를 대신 들여보내 간교한 짓을 하였으니 먼저 파직부터 시켜야 한다는 의견을 올렸다. 그러나 숙종이 이를 귀담아 듣지 않자 곧 이어 강현을 붙잡아 신문하여 죄를 밝힐 것을 청하였다. 숙종은 난감하였다. 강현의 아버지는 청렴결백한 충신 강백년姜栢年(1603~1681)이요, 강현 역시 신중하고 성실한 인재로 항상 가까이 하던 신하가 아니었던가. 하지만 숙종은 사헌부의 규탄을 수용하지 않을 수 없어 강현의 벼슬을 박탈하라고 지시한다.

과거시험에 합격되고 안 되고는 답안지를 붉은 글씨로 옮겨 쓸 때 정교하게 하거나 거칠게 한 것과는 관계없는 것이다. 나는 강현을 임명하여 일을 시킨 지 오래되었는데, 성실하고 신중함이 가상하였다. 결코 아들을 위해 간사한 짓을 하거나 나와 그 아비를 속일 사람이 아니다. 그런데 사헌부의 제의에서는 죄를 얽

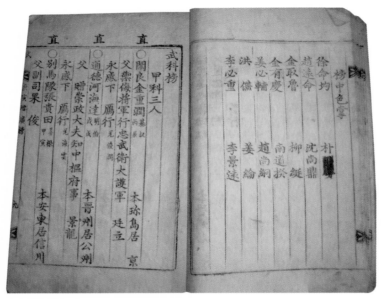

무과 합격자

을 뜻을 가지고 간교하다고 지목하였으니 어떻게 그 마음을 복종시키겠는가?
(중략) 또한 벌이 전혀 없는 것도 마땅하지 못하니 벼슬을 박탈하고 놓아 보내도
록 하라.

어쩔 수 없이 강현에게 벌을 내리긴 했지만 숙종의 속마음은 그게 아니
었던지라, 이틀 뒤에는 아예 강현의 변호를 자처하고 나선다. 그리고 이 모
든 일이 당파 때문에 일어났다고 판단해 버린다.

강현은 내가 그 인물됨이 성실하고 신중한 사람이라는 것을 잘 안다. 어찌
아들을 위해 간사한 짓을 했을 리가 있겠는가? 끝까지 조사하고 신문해 보니 다

만 답안지를 정교하게 베껴 달라고 하였을 뿐이다. 세윤이 동그라미로 표식을 한 것 또한 정교하게 베껴 달라고 한 것에 지나지 않으니 무거운 죄로 볼 수가 없다. 사헌부에서는 혐의를 피하는 글을 통해 오만한 말을 하며 감히 비답批答에 맞서니 내가 반드시 당파의 논의에 견제를 받은 뒤에야 그 마음에 들겠는가?

이 일에 대해서는 사헌부도 쉽게 물러서지 않았다. "강세윤이 동그라미 표시를 하여 답안을 옮겨 베끼는 서리와 공모한 사실이 뚜렷이 드러난 이상 합격과 불합격에 관계가 없다고 해서 용서해서는 안 된다"며 규탄을 계속했던 것이다. 그러자 숙종은 이렇게 말한다.

강세윤의 일은 그때 사헌부의 규탄은 이미 너무 심한 것 같으니 마땅히 의금부의 제의를 기다려 처리할 것이다.

숙종, 유득일을 파면시켜 사건을 마무리하다

그러던 중 골치 아픈 이 문제를 종식시킬 사건이 생겼다. 부정행위를 처음부터 철저하게 파헤친 유득일이 지방의 수령으로 있다가 파면된 것이다. 파면의 명분은 유득일이 관할 지역에서 벌어진 살인사건을 신속히 처리하지 않아 시체조차 찾지 못했다는 심일녕沈一寧의 등문고登聞鼓 호소 때문이었다. 강현을 규탄하는 목소리에는 미적거리던 숙종이 이 사건을 보고 받자 유득일을 즉각 파면하라는 지시를 내린다. 게다가 숙종은 과거 유득일의 모습에 대해서 혹평까지 늘어놓는다.

전 형조판서 유득일의 심보는 글렀다. (중략) 강세윤에 대해서는 반드시 무겁게 다스리려고 하고 이러한 중대한 범죄사건은 평범하게 두었으니, 나는 유득일이 본래 크게 쓰지 못할 사람이라는 걸 알고 있었다. 지난해 과거에서 그는 병조판서로 하련대에 앉아 응시생들이 적중시킨 화살을 지나치게 의심하여 매번 화살을 검열하면서도 또 적중시킨 화살수를 적은 장부까지 확인하였다. 매우 각박하고 가혹하게 하기에 내가 그만두게 하고 나서 혼잣말로 '내 앞에서도 이와 같으니 법을 맡은 관리가 되어서는 오죽할까?' 하였다. 이로부터 병조판서를 주지 않으려고 마음을 먹었는데 오늘 그 마음을 더욱 잘 알게 되었다.

숙종이 즉각 유득일을 파면한 것은 숙종의 총애를 받던 강현이 아들의 부정행위 사건에 대한 원한으로 이 일을 날조하고 중상했기 때문이라는 사관의 평가도 있다. 하지만 숙종은 부정행위 문제를 당파 간 알력이 초래한 결과로 보고 있었다. 세월이 지나면서 이 일은 숙종의 의도대로 조용히 마무리되고 있었고, 그 해 12월에 들어서는 사간司諫 유술柳述이 다음과 같은 제안을 올린다.

강세윤의 일은 그때 형조에서 반복해서 엄하게 조사하였으나 결국 죄명은 단지 답안지를 정교하게 배껴 달라는 것일 뿐이었습니다. 답안지를 정교하게 배끼는 것은 과거를 보는 선비들의 그릇된 버릇이기는 합니다. 만일 지금 교활한 짓에 대한 법조문으로 바로 단죄한다면 시험장 밖에서 글을 가져오거나 시험관과 짜고 답안지를 고치거나 배낀 답안지에 덧칠한 것과 같은 많은 교활한 행위들은 또 어떤 죄를 주어야 하겠습니까?

이러한 제의를 기다렸다는 듯이 숙종은 "강세윤이 지은 죄란 답안지를 정교하게 베끼도록 한 것에 불과하니 다시 연한이 정해진 도형죄를 지우는 것이 마땅하다 할 것"이라며 이 일을 마무리 지었다. 이후 강세윤은 3년 뒤인 계사년 증광시에 병과 30위로 입격하게 된다.

당시 강세윤의 부정행위와 처리 방안에 관한 논의는 《숙종실록》에 제법 보인다. 그러한 논의가 숙종의 말처럼 그저 당파 문제에 불과한 것인지 아니면 아주 특별한 사례와 관련된 것인지는 명확하지 않다. 사간 유술의 제안에서 알 수 있듯이 당시 과거를 치루는 과정에서는 이보다

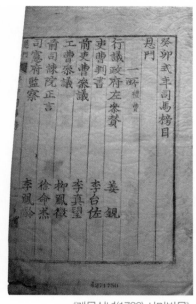

《계묘식년(1723) 사마방목》
(예조의 감독관 강현)

더한 부정도 얼마든지 일어날 수 있었기 때문이다.

부정행위에 휘말렸던 강세윤의 인생은 그리 평탄하지 않았던 것으로 보인다. 그는 후일 이인좌李麟佐의 난을 평정하는 큰 공을 세웠으나 오히려 내통하였다는 오해를 받고 파직되어 유배를 당했다.

강세윤의 이러한 불행은 동생 강세황姜世晃(1712~1791)에게도 영향을 미쳤는데, 형이 귀양을 가게 되자 자신은 과거 응시를 포기해 버린 것이다. 형이 죽은 뒤에는 아예 처가가 있는 안산으로 이사해 현실을 등지려 하기도 했다.

강세윤의 불명예를 회복시켜 준 것은 조카와 손자들의 과거합격이었다. 강세황의 둘째 아들인 강흔姜俒이 과거에 합격하자, 영조가 강세황의 아버

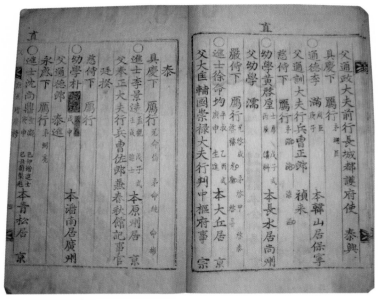
병과 제10등 박필몽

지인 강현이 충성이 지극한데다 숙종이 그를 특별하게 대우한 사실을 떠올려 강세윤의 벼슬을 회복시켜 주었던 것이다. 또 강세윤의 손자인 강이복姜彛福과 강이정姜彛正도 문과에 합격하였는데, 특히 둘째 손자 강이정은 영조 41년(1765)에 열린 알성시謁聖試에서 장원급제를 하여 할아버지와 집안의 아픈 과거를 딛고 일어서게 된다.

이 책에는 병과 제10등 합격자의 이름과 자가 먹으로 지워져 있다. 다른 사실을 근거로 확인해 보니 박필몽朴弼夢(1668~1728)이었다. 그는 이 책이 간행된 지 18년 뒤 이인좌가 청주에서 난을 일으키자 가담하려다가 붙잡혀 능지처참을 당한 인물이다. 이렇게 대역죄를 짓고 벌을 받은 죄인인 경우 후대에 이름과 자를 먹으로 지우기도 했다.

반역자에 대한 표식, 회시와 부정행위자에 대한 기록이 있는 것으로 보아 이 책은 예조 등의 관청보관용이었을 것이다.

錦江惜別洛陽郎君曲
<small>금강셕별낙양낭군곡</small>

甲戌六月廿二日고
錦城花榜刱山실때

고이흐다
너의 八字 고이흐다
緣分도 업고
離別도 조츨시고
洛陽郎君 실버리라
二八靑春이로흐니
아원서판...
通引官째

去年離別 今年離別
離別마다 洛陽郎君
다시以별...
洛陽郎君 離別後에
公山人物 도라보니
豪俠男子는 子...
豪放흔이 別보기실고
딸이 맛슴아...삶다

낙양낭군 날 버리니 이팔청춘 홀 늙을까

염요艶謠

錦江惜別洛陽郎曲

甲戌六月廿二日上
錦西花榜別出曲

洛陽郎君
離別叶다 詮洛陽郎君
玉手離別今弁離別
離別叶다 離別
洛端郎君離別
다서바도盟誓로다
나의盟誓로다
緣今도덧업고
나의八字고이놀다
고이놀다
離別도도들시고
그리다가
公山人物도와보냐
未萬子누구?
구구?

낙양낭군 날 버리니
이팔청춘 홀 늙을까

어머니가 기생이면 아버지가 누구든 자식은 바로 최하층 신분이 되었다. 그 중에서도 딸은 어머니를 이어 다시 기생이 되었고, 이렇게 신분을 세습해야 하는 여인의 삶은 질곡의 연속이었다. 성도 없이 이름으로만 불렸던 이들 대부분은 그 이름조차도 제대로 기억되지 않는 예인藝人으로 살다가 역사 속으로 사라져 갔다.

성도 없던 그녀들에게 등급은 있었으니

우리나라에 언제부터 기생이 있었을까? 이익李瀷은 《성호사설星湖僿說》에서 우리나라 관기官妓의 시원에 대하여 이렇게 적고 있다.

> 우리나라의 기생은 본래 양수척楊水尺에서 나왔다. 양수척이란 유기장柳器匠이다. 이의민李義旼의 아들 지영至榮이 삭주朔州의 분도장군分道將軍이었을 때 그곳에 양수척이 많이 살고 있었다. 그의 첩인 자운선紫雲仙에게 이들의 이름을 입적시키고 공물을 끝없이 징수하였다. 뒤에 이들은 그 고을의 호적에 입적되었고 남자는 노奴, 여자는 비婢가 되었다. (이 중에서) 비는 지방관의 사랑을 많이 받았다. 그래서 화장하고 노래와 춤도 익히므로 기생이라고 하였다.

기생에 대한 여러 기록은 모두 위의 내용을 따르고 있는 것으로 보아 우리나라의 기생은 고려 중·후기에 등장한 것으로 볼 수 있다. 양수척이란 사냥과 버들그릇을 만들어 파는 것을 생업으로 삼는 천민들로, 우리가 알고 있는 백정白丁의 고려 때 이름이다.

신분이 이렇다 보니 성은 없었고 오직 이름만 있을 뿐이었다. 혹여 성이 있는 아버지가 있더라도 그 성을 따를 수는 없었다. 기생에게 성이 없는 것은 동성동본의 상대와 만났을 때의 난처함을 사전에 차단하기 위한 것이었다고 이해되기도 한다. 어차피 평생을 천인으로 살아가야 하는 그들에게 성은 필요하지 않았다.

〈염요〉

그런데 기생에게도 등급은 있었다. 이능화李能和는《조선해어화사朝鮮解語花史》에서 기생의 종류와 등급에 대해 이렇게 설명하고 있다.

일패一牌인 기생, 이패인 은근자殷勤者 또는 은군자隱君子, 삼패인 탑앙모리搭仰謀利다. 여기서 패는 단團또는 조組의 의미로 구한국시대부터 구분한 것이라 한다. 보통 기생이라고 부르는 대상은 이 셋이다. 일패는 재주와 춤을 익혀 관청에서 공적인 역할을 담당하기도 한 여인, 이패는 은밀히 몸을 팔기도 하는 여인, 삼패는 매음하는 유녀인데 이들은 기생이 부른 노래와 춤은 하지 못하고 잡가만을 불러야 했다.

기생과 비슷한 말로 갈보가 있다. 이 역시 직업적으로 남자를 상대하는 여인으로, 넓은 뜻의 유녀遊女를 가리키는 이름이다. 한때 미군들을 접대하던 여인들을 서양인을 상대한다고 해서 양갈보라고 부르기도 했는데, 바로 그 갈보이다.

지방 연회에서 기생들이 부른 잡가 네 편

비록 신분은 낮았지만 빼어난 미모에 문장까지 갖춘 기생들의 이야기는 꽤나 전한다. 또 그들이 지은 시 중에는 문학적 가치가 뛰어난 것들도 많다. 그러나 하급 기생과 그들이 즐겨 불렀던 잡가들은 거의 전하지 않고 사라져 버렸다.

〈금강석별낙양낭군곡〉 첫째 면

그런데 갑술년(1874)에 금성錦城, 곧 공주公州에서 열린 기생들의 노래잔치에서 최우등을 차지한 잡가 등을 수록해놓은 책이 있다. 이 책은 표지에 《염요艶謠》라는 서명을 써 놓았다. 여러 면으로 보아 후대에 베낀 것은 아니고 당대에 쓴 것이 틀림없어 보인다. 서명 중 '염'은 곱다·아름답다, '요'는 노래라는 뜻이니 '아름다운 노래'라고 풀이할 수 있다. 또는 남녀가 서로 즐기며 그리워하는 사랑 노래, 곧 오늘날의 '연가戀歌'로 이해해도 되겠다.

이 책에 수록된 잡가는 그 해 6월 22일부터 7월 16일까지 금강과 공주 등에서 열린 연회에서 기생들이 불렀던 노래 네 편이다. 이 잡가에는 '언제나', '두어라', '어즈버', '슬프다', '우리도' 등의 무의미한 후렴이 있다.

이들 기생이 불렀다는 잡가는 어떤 노래인가? 곡에 따라 분류하는 국악계와는 달리, 국문학계에서는 잡가를 '가사의 하위분류에 속하는 시가', '광대나 평민들이 창작한 시가', '현재의 유행가나 민요와 동일한 것' 등으로 다양하게 정의하고 있다. 또 '유형적 명칭이 아니라 어떤 곡을 붙여 부르는 시가'라고도 한다. 정재호 교수는 〈잡가고〉(《민족문화연구》 6호, 1972)에서

> 잡가란 서민들이 부르는 노래이다. 그 가사와 곡은 직업적인 가객들에 의해 창작되었으며, 일반서민들이 이를 애호하여 전승되었다. 잡가는 서민대중의 애환이 스며있는 시가詩歌이다.

라고 포괄적으로 정의하고 있다. 그 특성에 대해서도

> 사랑과 인생무상 등 서정적인 내용이 많아 지위고하를 막론하고 누구나 느끼고 즐기는 것이었다. 후렴이 있고 한문숙어가 많이 삽입되었다.

고 하였다. 서정적인 내용에 후렴까지 갖춘 잡가는 부르는 사람뿐 아니라 듣는 사람도 함께 즐길 수 있는 서민대중의 노래인 셈이다.

첫 번째 노래는 〈금강석별낙양낭군곡錦江惜別洛陽郎君曲〉이다. 풀이한다면

'금강에서 애석하게 헤어진 낙양의 임에게 주는 노래' 쯤 되겠다. 이 노래는 그 해 6월 22일 공주 기생인 형산옥荊山玉이 부른 것이다. 노래 제목 아래에는 '이상二上 금성화방錦城花榜 형산옥 괴魁'라고 적어 놓았다. '화방'이란 원래 화류계(당시 기생들)의 미녀선발대회를 뜻하지만 여기서는 노래잔치로 볼 수 있겠다. '이상二上'이란 등위를 말하는데, 정병설 교수(《나는 기생이다》, 서울, 문학동네, 2007)에 따르면 이러한 대회에서는 '이상'이 최우등을 가리킨다고 한다. 그러니까 이 노래는 당시 노래잔치에서 최우등을 차지한 작품인 것이다.

남녀 간의 사랑 이야기에는 의례 낙양이 등장한다. 낙양은 《숙향전淑香傳》, 《구운몽九雲夢》, 《배비장전裵裨將傳》 등 우리나라의 유명한 고대소설에도 등장하는 아주 친숙한 곳이다. 민요 〈성주풀이〉에서도 낙양 북쪽에 있는 북망산의 무덤을 두고 "낙양성 십리 하에 높고 낮은 저 무덤은 영웅호걸이 몇몇이며 절세가인이 그 누구인가"라고 노래하지 않았던가. 이렇게 낙양은 사랑과 죽음, 그리고 인생무상을 함께 말할 수 있는 좋은 장소이다. 그래서 이미 떠난 낭군을 낙양낭군으로 부르고, 자신의 사랑을 고백하며 다시 만날 기약을 노래할 수 있는 것이다.

낙양은 실제로는 갈 수 없지만 우리에게는 친숙하고 낯설지 않은 곳이다. 낙양이 서울이 되고, 서울이 낙양이 되기도 한다. 여기에서도 낙양낭군은 서울에 돌아갔거나 돌아갈 임을 말한다. 만났다 헤어지는 자신들의 신세를 한탄하면서도 사랑의 끈을 놓지 않으려는 모습이 애절하기 그지없다. 정병설 교수가 풀이한 네 편의 가사를 소개한다.

고이하다 고이하다 나의 팔자 고이하다
작년 이별 금년 이별 이별마다 낙양낭군

〈금강석별낙양낭군곡〉 둘째면

연분도 덧없고 이별도 잦을시고

낙양낭군 이별 후에 다시 말자 맹세로다

낙양낭군 날 버리니 이팔청춘 홀 늙을까?

공주인물 돌아보니 호걸탕자豪傑蕩子 누구누구

아전장교 통인관노通引官奴

호방豪放한 채 보기 싫고 말이 말씀 아니꼽다

다시금 헤아리니 아마도 우리 님은

금강 서쪽 한강 북쪽 낙양인물뿐 이로다

슬프고 또 슬프다
우리낭군 어디가고 이내 진정眞情 모르는고

우리 둘이 서로 만나
분벽사창粉壁紗窓 원앙침鴛鴦枕에 백년가약 다 이르랴

(중략)

덧없도다 덧없도다 지난날의 꿈으로만 여겼더니
나의 팔자 기박奇薄하여 이런 이별 또 당한다

갈 기약이 정해지니 남은 날이 멀지 않다
날은 어이 쉬이오며 닭은 어이 재촉하노

(중략)

속절없다 이별이야 남은 간장 다 녹는다
언제나 우리낭군 다시 만나 이승 인연 이어볼까

　두 번째 노래는 위의 곡과 같은 제목의 단가短歌로, 인애仁愛가 부른 것이다.

단가 형식의 〈금강석별낙양낭군곡〉

낙양은 인물 창고요 금강은 미인 숲이라

금강화류 낙양인물 뉘 아니 취醉할소냐

두어라

취醉커든 장취長醉코 이별 없게

애닯을손 낙양낭군 고이할손 금강의 물이라

낙양낭군 한번 오면 어인 이별 잦단 말고

어즈버
금강의 물은 굽이굽이

낙양은 어디며 금강은 어디던고
연년세세 이 강가에 이별 잦아 늙으세라

슬프다
이 강 곧 아니러면 이 이별 없을는가

세 번째 노래는 7월 13일 밤 공주의 아전 장교인 김병방金兵房, 박별장朴別將, 서풍헌徐風憲, 박승발朴承撥, 노형방盧刑房 등이 기생 형산옥, 준예俊乂, 조운朝雲, 선아仙娥, 계낭자桂娘子 등과 함께 화산교에서 술을 마시며 즐길 때 흥을 북돋운 〈화산교가花山橋歌〉이다. 노래 가사에 위의 인물들이 등장하는 것으로 보아 이날 함께 놀았던 사람들 중 한 사람이 기록한 것으로 보인다.

어와 호걸 님네들아 이내 말씀 들어보소
이때는 어느 때인고 가을 칠월 기망에
강 위에는 비가 개고 공주는 달 밝은 제
두어 호걸 네댓 기생 호탕한 흥에 겨워

(중략)

〈화산교가〉

인물도 좋을시고 김병방 풍신風身도 동탕할사 박별장

기고관旗鼓官은 어이오며 서풍헌은 무슨 일고

준수하다 박승발 맵시있다 노형방

여러 명장 벌였으니 아마도 충청 인물은 저뿐일다

차려입은 기생 보니 절대가인 다 모였다

단장 얼굴 기생 잔치 춤과 교태 어떻던고

조출할 손 형산옥과 아리따운 준예로다

무산巫山의 조운이며 봉래산蓬島의 선아런가

물색도 기묘하고 태도도 그지없다
휘어낭창 계낭자는 허리매도 맵시있다

　이들은 이날 연회에서 큰 낭패를 당하게 된다. 금지령을 어기고 관청에 들어가서 연회를 즐기다가 감찰원들에게 적발되었기 때문이다. 연회에 참가한 아전 장교들은 혼비백산하여 줄행랑을 치다가 넘어지기도 하였다. 순진한 기생은 치마로 얼굴을 가리기도 하고 사이좋은 남녀는 함께 달아나기도 하는데, 이 모습도 회화적으로 묘사하고 있다.

애닯을손 희극이야 세상사 순탄찮아
풍류흥취 다 못하여 늦은 밤 야삼경에
군뢰軍牢사령 늘어서서 평지풍파 어인일고
지엄할 손 금령禁令이야 기생잔치 들리었다

치마 덮어 얼굴가림 혼비백산 하거고다
김병방의 거동보소 넘어져서 갈 곳 모르네
서풍헌의 거동보소 황황실색 털이 선다
눈치 빠른 이행민李行民은 누구하고 내뺐던가
가련하다 가련하다 낭자거동 가련하다

자고로 화류에 비바람 많으니 벌 나비 놀음 덧없도다
음주흥취 고사하고 정신수양 허사로다
언제나
이 땅에 다시 모여 이 놀음 다시 하여볼까

〈추칠월기망범주서호가〉

마지막 노래는 7월 16일 서쪽 호수에서 뱃놀이를 할 때 부른 〈추칠월기망범주서호가秋七月旣望泛舟西湖歌〉이다. 풀이한다면 '가을 7월 16일에 서쪽 호수에 배를 띄우고 부른 노래'가 되겠다.

임지술壬之戌 갑지술甲之戌에
추칠월 기망은 일야一也로다

소자첨 간 뒤에
약산산인藥山山人 오단 말가

두어라

적벽의 남은 흥은 나뿐인가

가을 강 비 갠 후에

기망 달빛 더욱 좋다

적벽강 무한한 흥興을

자첨이 네 홀로 누리단 말가

우리도

태평성대의 풍월風月 주장主張하여

　여기에서 내용이 끊기는 것으로 보아 이 노래는 끝까지 다 기록되지 않은 것 같다. 노래 중에 나오는 '자첨子瞻'은 소식의 자字다. 이 노래는 동파東坡 소식蘇軾(1036~1101)의 〈적벽부赤壁賦〉를 흉내 내면서 이날의 즐거움을 동파가 즐긴 그날과 비교하여 과거와 현재를 함께 이야기하고 있다. 〈적벽부〉는 송나라 원풍 5년(1082) 7월 16일 달 밝은 밤에 소식이 적벽에서 뱃놀이하며 부른 노래로 '임술지추壬戌之秋 칠월기망七月旣望', 곧 '임술년 가을 7월 16일'로 시작한다. 이 〈서호가〉도 〈적벽부〉의 처음을 흉내 내며 실마리를 풀어 나가고 있다.

　'임술壬戌이던 갑술甲戌이던 가을 7월 16일은 마찬가지'라는 것은 소식이 임술년 가을 적벽에서 즐겼던 날과 자신들이 그 해 가을에 즐기는 날이 같은 좋은 시절이라는 뜻이다. 죽은 소식은 오지 못하니 혼자 흥을 누린다고 하더니 금세 태도를 바꿔 적벽의 흥을 무한히 독차지하고 있는 소식을

질투하기도 한다. 이처럼, 노래하는 사람의 마음은 이미 800년이라는 세월
을 훌쩍 뛰어넘고 있다.

　공주십경公州十景 중 첫 번째가 '금강에서의 봄놀이[錦江春遊]' 였을 정도로
금강은 그 지역에서 풍광이 가장 빼어난 곳이었다. 당시 계절은 비록 봄이
아니었지만, 초가을 달 밝은 밤에 강에서 노니는 즐거움은 결코 봄날에 뒤
지지 않았을 것이다.

사랑의 아픔, 아름다운 노래로 승화하다

　위의 잡가에 등장하는 기생들은 형산옥과 인애, 준예, 조운, 선아, 계낭
자 등이다. 이들 중 우두머리는 형산옥이었다. 형산옥이란 원래 변화卞和
라는 사람이 형산에서 주어 왕에게 바친 옥돌을 말한다. 초나라 사람 변
화는 구슬의 원석인 박옥璞玉을 찾아 왕에게 바쳤으나 거짓이라며 오히
려 발뒤꿈치를 베이는 벌을 두 번이나 당하였다. 마침내 문왕이 알아주
어 박옥을 다듬으니 눈을 뜰 수 없을 정도로 광채가 찬란했다고 한다. 이
것이 바로 형산옥이다. 남이 몰라주는 귀중한 보배를 가리킬 때 사용하
는 말이다.

　이 노래를 부른 기생 형산옥은 뛰어난 재주를 가진 보배였다. 칼춤의 일
종인 항장무項莊舞를 잘 추었던 것이다. 항장무란 항우의 조카인 항장이 홍
문鴻門의 연회에서 칼춤을 추면서 유방을 죽일 기회를 엿보았으나 실패한
고사를 무극舞劇화한 평안남도 선천宣川 지방의 잡극이다.

　마침 계유년인 고종 10년(1873)에 궁중에서 연회가 열리게 되었다. 형산
옥이 이 연회에 8명의 무리를 데리고 가서 항장무를 춘 사실이 규장각 소

장의 《계유년진작의궤癸酉年進爵儀軌》에 전하고 있다. 이날 행사가 성공적으로 끝나자 이 연회의 주도자들과 참가자들에게 상이 내려졌다. 먼저 행사를 주도한 예조판서 조병휘, 호조판서 김세균, 공조판서 정건조 등에게는 길이 잘 든 말을 한 필씩 내려 주었다. 참여한 사람들에게도 일일이 포상을 하였는데, 형산옥 무리들은 물질적인 포상 대신 천인의 신분을 면해 줄 것을 청하였다.

이에 "항장무를 춘 형산옥 등 9명은 자신들이 원하는 대로 천인의 신분에서 면하게 한다"는 포상을 내린 것이다. 이것이 그녀가 〈금강석별낙양낭군곡〉을 부르기 일 년 전의 일이니, 이 노래를 부르던 시절의 그녀는 이미 천민이 아니었다. 노래면 노래, 춤이면 춤 무엇이든지 다 해낼 수 있는 명기가 되어 있었던 것이다

공주에서 기생들의 노래잔치가 열리고, 전국 최고의 항장무 예인이 배출될 수 있었던 배경으로 먼저 공주의 지리적 특성을 들지 않을 수 없다. 백제가 패망한 뒤 당나라 악공樂工들이 이곳에 들어왔고, 지역에서 선발된 사람들은 그들에게 음악을 배울 수 있었기 때문이었다. 《세종실록》〈지리지〉와 《신증동국여지승람新增東國輿地勝覽》에는 공주 사람들이 음악과 노래를 좋아하여 "남자들은 쟁箏과 피리를 좋아하고, 여자는 춤추고 노래하는 것을 좋아하였다"고 적어 두었다.

이 책에 수록된 네 편의 잡가는 19세기 후반 중하위급에 속하는, 지방의 기생들이 애창하던 노래라는 점에 그 가치가 있다고 하겠다. 기존에 알려진 잡가와 다소 다른 형식에 상대에 맞추어 가사를 바꿔 가며 부른 것이라 더 흥미롭다.

남녀 간의 사랑과 이별의 노래는 시대를 불문하고 가장 대중적이다. 그녀들은 신분상 기약할 수 없는 사랑을 할 수밖에 없었고, 그 사랑은 결국

이별과 원망, 그리고 체념을 가져왔다. 하지만 그녀들은 그 아픔을 아름다운 노래로 승화시켰다. 그 노래하는 모습과 소리, 지금도 보이는 듯 들리는 듯 생생하게 와 닿는다.

清邨圖題

輿地與圖之說始於畫野分州終于畫
緯在焉一

以明分多里以測地加以一度之以北偏古地而取東一度之以南高二百而近東二百

謂仰觀天道乃能俯察地形我 正俯仰亥令諸原而圖明儀象

按線表而分則延袤牧府一百五十二 低而辟廢有限而北極二

之紫府經度一百一十二部縣二百二十二倭山水

揆方定位之慈筮體圜經野之微規眎
廟爾縉紳考覽而經營四方要使山川隆夷知是誠

在目裹矣取丹膜紛錯峙隱膜悦然而一域
自餘渙留意於圖志歲久搜閱詳審
諸法之精蠃每值靜閒時確

내가 지도를 만든 뒤 직접 목판에 새겼어

대동여지도 大東輿地圖

青邱圖題

寫惟與圖之設始於蓋野分州終于取極定緯度候月蝕旱晩而緯

線不差爲天地之一時制度去高低之率其線見乃緯線出其北高低而緯度有限

輒加以度之則自北之向二百里知其出地之高低由出地之高低而推換辰高低而緯度有限

里出地加以北度之高百北之向二度而知其出地之高而聞明儀象

諸卿觀天道乃能俯密地形我正廟辛亥命諸良而聞明儀象

按線表而分別延豪牧府一百一十二郡縣二百二十二倭山水

一百五十二緯線二百七十餘纂海陸之方正量一域

於經度一百五十二緯線二百七十餘纂海陸之方正是誠

其司標然而常

내가 지도를 만든 뒤
직접 목판에 새겼어

옛 조상들은 가고 싶은 곳을 직접 여행하지 않더라도 여러 책을 두루 읽어 마치 그곳을 여행한 것처럼 훤히 꿰뚫어 아는 것 역시 의미 있는 군자의 역할이라고 생각했다. 그래서 누워 유람하는 기록이라는 뜻의《와유록臥遊錄》을 저술하여 자신은 물론 남들에게도 보여주었던 것이다.

지도 역시 마찬가지였다. 조선 중기 영남의 대유학자인 장현광張顯光(1554~1637)은 친구 서행보徐行甫가 준《청구도靑邱圖》를 시골 집 방안에 걸어 두고 눈으로 전 국토를 보며 구경하고 즐긴 일을《여헌집旅軒集》에 남기고 있다. 지도도 이처럼 지식인들이 책과 함께 갖추어 놓고 즐기는 애완품의 하나였던 것이다.

목판 지도가 나오기 전에 사용하던 필사 지도는 그린 사람의 솜씨에 따라 그 우열이 정해졌다. 다산茶山 정약용丁若鏞은《다산시문집》에서 자신의 외할아버지 윤두서尹斗緖(1668~1715)가 그린 우리나라 지도가 산맥과 봉우리의 표식이 묘법描法을 터득한 것이라며 극찬하고 있다. 이는 지도의 우열 기준이 화법에 있었음을 알 수 있는 한 예이다.

한 나라의 지도는 그 나라의 겉모습이다. 누구나 볼 수 있고, 만질 수 있는 고향 산천을 담은 그릇인 셈이다. 사람이 자기가 어떤 모습인지 거울을 통해 보듯이 나라와 지역의 통치자는 자신이 다스리는 나라와 지역의 얼굴을 보고 싶었을 것이다. 그래서 각 시대마다 지역별 지도가 완성되었다. 대체로 19세기 후반에 들어서면 현재 인공위성에서 촬영한 지도와 거의 동일한 현대식 측량 지도가 등장한다. 그 이전은 고지도 시대였다.

지도와 판각의 전문가,
산천을 종이 위에 완전하게 옮기다

　그렇다면 우리나라 고지도 중에서 가장 완전한 지도는 무엇일까? 물론 김정호가 만든 《대동여지도大東輿地圖》이다. '興地'는 수레처럼 만물을 싣고 있는 '땅'을 가리키는 말이다. 《대동여지도》를 현대식으로 풀이한다면 '우리나라의 땅 그림'이 된다. 철종 12년(1861)에 처음 목판에 새겨 간행하였는데 모두 22첩帖이다.

　《대동여지도》는 김정호가 이전의 지도를 참고하고 더러는 실제 답사한 자료를 중심으로 제작한 것이다. 첫 번째 지도첩을 펼치면 《대동여지도》라는 지도 이름, 발행 연도, 그리고 '고산자교간古山子校刊'이라고 되어 있다. '古山子'는 김정호의 호이므로 교정과 간행을 모두 자신이 했다는 뜻

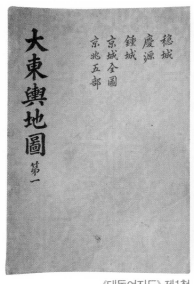

《대동여지도》제1첩　　　　　　　　　　　　　　　表제지면

이다. 기존의 지도들을 참고하고 잘못된 부분은 고쳐서 《대동여지도》를 간행했다는 사실을 저작자 스스로 밝히고 있는 것이다.

그렇다면 김정호는 《대동여지도》를 만들면서 어떤 지도를 참고했을까? 무엇보다도 자신이 27년 전인 1834년에 완성해 놓은 《청구도》가 있었다. 이 지도 역시 이전에 제작된 《해좌전도海左全圖》와 정상기鄭尙驥(1678~1752)의 《동국지도東國地圖》 등 기존의 조선전도를 참고해서 만든 것이다. 실학자 최한기崔漢綺(1803~1877)와 신헌申櫶(1810~1888)의 도움도 매우 컸다. 그래서 그는 자신이 혼자서 전국토를 답사하고서 만든 것이 아니라는 뜻으로 '校刊'하였다고 표제면에서 밝혀 두었던 것이다.

우리나라 지도와 지리지 편찬에 가장 뛰어난 업적을 남긴 김정호에 관해서는 출생뿐 아니라 활동사실 역시 제대로 전하지 않고 있다. 김정호의 후원자이자 그를 벗으로 생각하였던 실학자 최한기가 갑오년(1834) 가을에 쓴 〈청구도제靑邱圖題〉에서 "정호는 어려서부터 지도와 지지에 깊은 관심을 두어 오랜 세월 동안 찾고 살펴 여러 도법에 상세하였다"라고 적어 두었을 뿐이다. 지도에 대한 김정호의 집념과 정열이 어릴 때부터 시작되었음을 알 수 있는 기록이다.

《대동여지도》가 간행된 뒤에 유재건劉在建(1793~1880)이 편찬한 중인 출신 인재들의 전기

최한기의 〈청구도제〉

집《이향견문록里鄕見聞錄》의 권8에서는 김정호를 이렇게 소개하고 있다.

> 김정호는 스스로 호를 고산자라고 하였다. 본디 기교와 재주가 많았는데 지
> 리학에 집착하는 버릇이 있어 두루 상고하고 수집하여 일찍이《지구도》를 만들
> 었고, 또《대동여지도》도 만들었다. 그림과 판각도 잘하여 인쇄해서 세상에 펴내
> 니 상세하고 정밀하기가 고금에 견줄만한 것이 없었다. 내가 한 질을 얻었는데
> 정말로 보배로 삼을 만하다. 또《동국여지고》 10권을 엮었는데 탈고를 끝내지 못
> 하고 죽었다. 매우 슬프다.

《대동여지도》는 우리나라의 고지도이다. 김정호는 그 당시 이미 기하학
을 이해하고 있었고, 그가 이 지도에 사용한 도법을 살펴보면 서양 과학으
로부터 영향을 받았다는 사실도 확인할 수 있다. 이 지도는 기존 지도와는
다르게 행정구역별로 지역을 나누지 않고, 좌표를 따라 일정한 간격으로 구
분하고 있다. 산간 지역의 도로 간격을 평야나 하천과는 달리 좁게 표시해
서 보는 사람이 길의 굴곡까지 이해할 수 있도록 배려한 점도 인상적이다.

그는 먼저 한반도를 북에서 남까지 동서로 끊어 22등분하였다. 그 다음
가로 20.1cm, 세로 30.2cm 정도의 목판 앞뒤에 120여 장의 지도를 새긴다.
새긴 목판을 종이에 인쇄한 뒤 각 등분별로 이어 붙여 절첩折疊 형태로 책
을 만들면《대동여지도》가 완성되는 것이다. 여기서 '절첩'이란 병풍처럼
접어서 책을 만드는 형식을 말한다.

김정호가 이 지도를 만든 이유는 무엇일까? 그것은 바로 위로는 재상부
터 아래로는 백성들까지 모두에게 유익한 지도를 만들고 싶었기 때문이
다. 그는《대동여지도》맨 앞에 있는〈지도유설〉에서 청나라 고조우顧祖禹
(1631~1692)가 편찬한《방여기요方輿紀要》를 인용하여 이렇게 말하고 있다.

〈지도유설〉

재상은 변방지역 요새의 유리하거나 문제 있는 곳, 군비 대책에 대한 마땅함을 모두 알지 않을 수 없다. 중앙 관리들은 재물과 세금이 나오는 곳과 군무와 국정의 바탕 되는 바를 알지 않을 수 없다. 감사와 수령들은 그 지역의 어려운 일과 산과 못의 깊숙함, 그리고 경작하고 누에치는 데 샘물의 이로움과 풍속을 다스리는 데 백성들의 마음을 알지 않을 수 없다. 일반 백성들은 왕래하는 데 무릇 물길과 도로를 지나감에 험준하거나 평탄함, 빨리 갈 것인지 피할 것인지의 실체를 알지 않을 수 없는 것이다.

김정호는 《대동여지도》를 완성하기 전에 이미 지도를 잘 아는 판각 전문가가 되어 있었다. 이규경李圭景(1788~?)이 쓴 《오주연문장전산고五洲衍文長

箋散稿》의 〈만국경위지구도변증설萬國經緯地球圖辨證說〉에는 순종 갑오년 (1834)에 최한기가 중국 장정병莊廷甹의 《지구도》 탁본을 대추나무에 새기게 되었을 때 김정호가 그 일을 맡았다는 기록이 있다. 고종 때 정치가인 신헌 역시 그의 문집 《금당초고禁堂初稿》의 〈대동방여도서大東方輿圖序〉에서 자신이 지도에 깊은 관심을 가지고 있어 비변사備邊司나 규장각에 소장되어 있는 지도와 민간에 소장되어 있는 지도를 서로 대조하고 여러 지리지를 참고하여 완벽한 지도를 만들려고 노력하였는데, 이 일을 김정호에게 위촉하여 완성하였다고 전한다. 지도 판각을 위탁 받은 것은 그의 판각 능력이 그만큼 뛰어났기 때문이지만, 이를 통해 그는 다시 새로운 세계 지도와 국내 지도를 섭렵할 수 있는 좋은 기회를 얻게 된다.

그는 지도뿐 아니라 지리지 편찬에도 능하였다. 《오주연문장전산고》의 〈지지변증설地志辨證說〉에는 그가 지리지를 편찬한 사실에 대해 이렇게 기록되어 있다.

> 김정호란 사람은 생각하는 바가 이전의 다른 사람과는 달리 정밀하고 뛰어나다. 《해동여지도海東輿地圖》에 이어 《신증동국여지승람新增東國輿地勝覽》을 바탕으로 다시 《방여고方輿考》 20권을 지었다. 잘못된 것은 바로잡고, 시문은 줄이고, 빠진 것은 보충하였는데 매우 넓게 갖추었다. 《해동여지도》와 《방여고》는 반드시 전해야 할 것이다.

여기서 말하는 《방여고》는 전체 권수를 볼 때 최성환崔瑆煥과 함께 편찬한 《여도비지輿圖備志》를 가리키는 것으로 생각된다. 김정호는 《동여도지東輿圖志》를 시작으로 《여도비지》와 《대동지지大東地志》 등 우리나라의 지리지를 차례로 편찬하였던 것이다.

목판에 지도를 새겨 찍어내는 인쇄본의 가장 큰 장점은 필요한 분량만큼 찍어 여러 사람들이 이용할 수 있다는 것이다. 그러나 《대동여지도》는 많은 국민들이 이용하는 지도가 되지 못하였다. 몇 차례에 걸쳐 몇 부를 인쇄했는지 알 수 없지만, 현재 남아 있는 인본수를 근거로 미루어 보면 결코 대중적인 지도는 아니었음을 알 수 있다.

그렇다면 김정호는 어떤 의도로 백이십 장이 넘는 목판에 지도를 새겼을까? 그는 《대동여지도》를 만들어 우리나라 지도의 기준을 세우고자 했던 것이다. 김정호와 신헌, 최한기 등은 기존 필사본 지도나 장수가 적은 목판 지도가 정확하지 못하다는 것을 알고 있었다. 그래서 당시 알려져 있던 서양 과학을 간접적으로 이용하여 가장 정확한 지도를 새겨 인쇄함으로써 이것이 우리나라의 본 모습임을 주위에 알리려 한 것으로 보인다.

실제로 그 당시 이 지도는 우리 국토의 표준과 기준이 되고 있었다. 《만기요람萬機要覽》의 〈군정편〉을 보면 백두산 정계에 대해

> 《대동여지도》에는 분계강分界江이 토문강의 북쪽에 있다 하였으니, 강의 이름이 분계인 만큼 정계비는 당연히 여기에 세워야 한다.

며 《대동여지도》를 근거로 우리나라 국경을 정하고 있다.

김정호 옥사설, 믿을 수 있는 이야기인가?

김정호의 의도와 달리 이 지도가 반드시 우리에게 유용한 것만은 아니었다. 러일전쟁 때 일본이 이 지도를 사용했다는 주장이 있기 때문이다.

그것이 사실이라면 김정호는 분노했을 것이다. 주변 지인들의 도움을 받기는 했지만 이 지도를 만들기 위해 그는 평생 동안 모든 정력을 바쳤다. 그러니 자신의 피와 땀이 담긴 이 지도를 다른 나라가 우리나라 땅에서 싸우기 위해 이용했다는 것만으로도 그에게는 가장 큰 치욕이 되었을 것이다.

하지만 《대동여지도》가 간행된 이후 아사미[淺見]와 이마니시류[今西龍] 등 몇몇 일본인들이 이미 이 지도를 수집하고 있었던 것은 사실이다. 그 당시 수집된 지도 중 아사미의 옛 소장본은 미국 버클리대학에 있고, 이마니시의 옛 소장본은 1첩이 빠진 채로 일본의 덴리[天理]대학에 전하고 있다. 심지어 국내에 전하는 것들도 한때 일본인의 손을 거친 흔적이 남아 있다.

김정호와 《대동여지도》의 비애에 관해 전해지는 또 다른 이야기가 있다. 김정호가 "이 판각본을 흥선대원군에게 바치자 그 정밀함에 놀란 조정

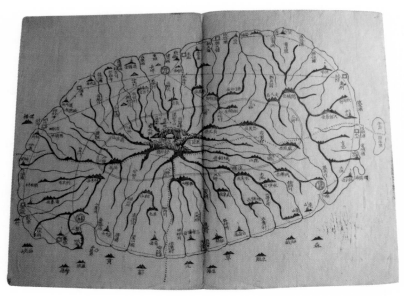

《대동여지도》 중에서 제주도

에서는 국가 기밀을 누설한다는 죄목으로 각판을 불태우고 간행을 금지하였으며, 김정호는 투옥되어 옥사하였다는 설도 있다"고 백과사전에서 친절히 소개하고 있는 것이다. 이 기록은 일제시대 때 한 교과서에 수록된 글에서 연유한 것으로 알려져 있다. 그러나 믿을 만한 기록에서는 이를 확인할 수가 없고 국립중앙박물관, 숭실대학교 박물관 등에 지도 목판이 제법 많이 남아 있는 사실로 미루어 보아 그다지 신빙성이 없는 내용인 것 같다.

옥사는 아니었지만 김정호가 《대동여지도》를 간행한 뒤 몇 년이 지나지 않아 죽음을 맞이한 것은 분명하다. 그의 사망 사실이 《이향견문록里鄕見聞錄》에 남아 있기 때문이다. 《이향견문록》의 완성 시기는 분명하지 않으나 임술년(1862) 9월 9일에 조희룡趙熙龍(1789~1866)이 지은 서문이 있는 것으로 보아 1862년 9월 이후에 편찬한 것임을 알 수 있다. 그는 죽기 직전까지 《동국여지고東國輿地攷》를 완성하는 등 우리나라 지도와 지리지 편찬에 대한 열정을 끝없이 펼쳤다고 한다.

주변 사람들에게 《대동여지도》를 본 적이 있는지, 또 어떻게 생긴 것인지 물으면 거의 비슷한 대답이 돌아온다. 학교 다닐 때 늘 보던, 교실 칠판 옆에 붙어 있는 지도 정도의 크기에 흑백으로 되었으며 오늘날의 지도와 거의 비슷하다고 말하는 것이다. 그러나 《대동여지도》는 그런 지도가 아니다. 세로 길이가 무려 6.6미터나 되므로 별도의 전시공간이 아니면 걸어놓을 수도 없다.

우리가 《대동여지도》를 작은 지도로 알고 있는 것에는 다른 이유가 있다. 《대동여지도》를 약 90만분의 1로 줄여서 만든 《대동여지전도大東輿地全圖》가 이어서 만들어졌기 때문이다. 《대동여지도》를 소개할 때 이름이 비슷하면서도 크기가 작은 《대동여지전도》로 대신한 일이 많았는데, 이것이 《대동여지도》를 훨씬 작은 크기의 지도로 생각하게 된 연유가 된 것이다.

새 옷을 입었더니 이름까지 바뀌는 해프닝도 벌어져

《대동여지도》는 철종 12년(1861)에 처음 간행한 이후 3년 뒤에 또 간행했다고 하는데, 모두 몇 부를 인쇄하였는지는 알 수 없다. 현재 국내외에 남아 있는 인본수를 참고해서 대체로 20부 이내였을 것이라고 추정할 뿐이다. 이렇게 적은 부수를 인쇄한 것은 필요할 때면 언제든지 인쇄할 수 있는 목판이 있었기 때문이었다.

현재 국내에 남아 있는 인본 중에서 22첩을 모두 갖춘, 성신여자대학교 박물관 소장의 《대동여지도》한 질이 보물 제850호로, 서울역사박물관 소장의 한 질이 보물 제850-2호로 지정되어 있다.

1985년에 보물로 지정된 성신여대 박물관 소장본은 표지를 감색 천으로 고쳐 꾸미고, 앞면에는 《대동여지전도大東輿地全圖》라는 제목을 종이에 써서 세로로 붙여 놓았다. 1991년에 이 제목이 찍힌 사진이 문화부 안내 책자에 실리자 한 일간신문에서는 《대동여지도》와 《대동여지전도》는 다르므로 문화부의 지도 소개는 잘못된 것이라는 지적을 제기하기도 했다. 이에 대해 "성신여대 소장은 《대동여지전도》라는 글씨를 따로 써서 붙였다. 문화부가 《대동여지도》를 소개할 때 성신여대의 것을 사진에 담는 것은 당연한 일이므로 문화부가 소개한 《대동여지도》는 잘못된 것이 없다"며 마치 문화부의 입장을 대변하는 것 같은 글이 나오기도 했다.

이러한 논쟁은 낡은 고전적古典籍류를 고쳐 꾸밀 때 생기는 문제 때문에 발생한다. 이것은 고전적류의 서명을 채택하는 문제와도 연계되므로 한번 짚어볼 필요가 있다.

고전적류는 서명으로 삼을 만한 제명들이 여러 곳에 있다. 그 중에서 그 책을 가장 잘 대변하는 합당한 서명은 권수제卷首題나 표제標題이다. 권수

성신여대 박물관 소장의 《대동여지도》

제란 권이 시작되는 첫 부분의 서명이고, 표제란 표제지(Title page)에 있는 서명을 말한다.

손상된 고전적류를 고쳐 꾸밀 때는 먼저 누렇게 물들인 종이나 비단으로 표지를 만들어 붙인다. 그 다음 글씨를 잘 쓰는 사람에게 의뢰하여 길쭉한 종이에 세로로 서명을 쓰게 하여 오려 붙이거나 아니면 직접 종이나 비단 위에 쓰도록 한다. 전자의 경우를 제첨題簽, 후자의 경우를 표제表題라고 한다.

이렇게 후대에 써서 붙이거나 직접 쓴 서명이 권수제나 표제와 동일하다면 문제가 없다. 그렇지만 간혹 그 책의 내용을 잘 알지 못하는 장책粧冊 전문가는 원래의 서명과 다른 별도의 서명을 써 붙이기도 하는 것이다. 실제로 어느 대학이 소장하고 있는 《대동여지도》는 표지에 《청구전도》라는 이름이 붙여져 있다고 한다. 김정호가 지어 준 호적상의 이름인 《대동여지도》 대신 후대인들이 마음대로 별명을 붙여 놓은 셈이다. 성신여대가 소장하고 있는 《대동여지도》의 사진이 잘못이니 아니니 하는 논쟁도 이렇게 고쳐 꾸미면서 붙인 제첨 때문에 생긴 해프닝이었다.

당시 문화부는 《대동여지도》를 소개할 때 표제標題면을 찍어 소개했어야 했다. 문화부가 소개한 《대동여지도》 사진은 아무런 잘못이 없는 것이

《청구도》 중에서 경기도

아니라, 사진 찍을 면을 제대로 선택하지 못한 잘못이 있었던 것이다.

위의 두《대동여지도》는 물론 국내 대학 소장본과 거창박물관에서 소장 중인 1864년 간본 등은 모두 채색이 되어 있다고 한다. 이에 반해 버클리대 학 소장의《대동여지도》는 표제標題나 표제表題 모두《대동여지도》이고, 일 체의 채색도 없이 원래의 흰 살결을 그대로 유지하고 있다.

《대동여지도》는 백두산, 금강산과 함께 '100대 민족문화상징' 중 하나 로 선정되기도 했다. 완전한 우리나라 지도를 완성하려 했던 집념의 장인 고산자 김정호, 그가 근 한 세기 반이 지난 지금에서야 우리 곁으로 친근하 게 다가오는 것 같다.

後人於無窮欲人之皆可曉也故其取必多
鄙璅欲彼之不得肆也故其設詞多憤激然
觀於此則儒佛之辯曉然可知緃不得行於
時摘可以傳於後吾死且安矣予受而讀之
童且不倦乃嘆曰楊墨塞路孟子辭而闢之
佛法入中國其害甚於楊墨先儒往往雖韓
其非然未有能成書者也以唐韓子之才籍
湜輩從而請之酒不敢著書況其下子今先
之主既力辯以化當世又為書以曉後世憂道
之念既深遠矣人之感佛莫甚於死生之說

사람의 도가 없어질까 두려워 엮었다

불씨잡변 佛氏雜辯

後人於無窮欲人之皆可曉也故其取心多
欲彼之不得肆也故其設詞多憤激然
鄙瑣則儒之歸然可知縱不得行於
觀於此則佛於後吾死且安矣子辭而讀之
時猶不倦乃其害甚於楊墨路孟子辭而闢之
靈蠢入中國害也也先儒往往雖闢
佛法入中國未有能著者也唐韓子之才令先
天作然未有能著書況其下乎今先世憂道

사람의 도가 없어질까
두려워 엮었다

《삼봉선생불씨잡변》

조선의 지도이념과 가치관을 만들어 조선 왕조 500년을 성공시킨 사람. 그 무엇보다 출신을 중히 여기던 시대를 살면서 신분의 한계를 능력으로 극복한 조선 왕조의 설계자. 그가 바로 삼봉三峰 정도전鄭道傳(?~1398)이다.

그의 정치사상은 재상중심주의로, 오늘날로 말한다면 내각 수반이 국정의 중심이라는 것이었다. 그는 당시 국가를 경영하는데 요구되는 다양한 분야, 곧 정치 경제와 군사, 국방은 물론 철학사상에 이르기까지 거의 전 분야에 박학한 인물이었다.

조선 왕조의 설계자, 불교에 반기를 들다

역성혁명易姓革命의 주역인 정도전 앞에는 그의 손길을 기다리고 있는 많은 일들이 있었다. 무엇보다도 새로운 나라를 통치하기 위한 기본 법령을 만드는 일이 우선이었다. 그래서 그는 《조선경국전朝鮮經國典》을 저술한다. 그 다음으로는 국가 통치이념인 성리학의 입장에서 불교를 비판할 필요가 있었다. 그래서《심기리心氣理》,《심문心問》,《천답天答》 등에 이어 저술한 것이 바로《불씨잡변》이다.《불씨잡변》은 그의 최후 저술로 불교계를 혁파하여 새 왕조의 통치이념을 세우고자 1398년에 완성한 것이다.

시대 상황을 인정한 것인지 아니면 불교에 대한 반감이 그다지 크지 않았던 탓인지는 알 수 없으나, 정도전은 조선이 개국되기 전까지 선종 승려들과 많은 교제를 나누었다. 승려들은 가정과 세상을 떠나 군사부君師父를 버리지만, 인심이란 모두 같아 서로 감응한다며 불교에 대해 비판적인 관용성을 보이기도 했다.

그는 시간이 지나면서 점차 불교를 철저하게 부정하였는데, 그의 걸식론인 〈불씨걸식지변佛氏乞食之辯〉에서 이러한 변화를 엿볼 수 있다.

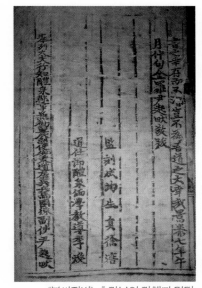

사람에게 먹는다는 것은 큰 것이다. 하루라도 먹지 않을 수 없고, 또 하루라도 구차스럽게 먹을 수도 없다. (중략) 석가모니는 서역 임금의 아들이었다. (중략) 남자가 농사짓고 여자가 베를 짜는 것을 불의하다고 버렸다. (중략) 자기 노력으로 먹으면 불의가 되고, 구걸해 먹으면 의가 되는가. 부처의 말은 의리도 이치도 없다. 책을 펴니 바로 보이므로 이것을 논한다.

《불씨잡변》 초간본의 간행자 명단

《동사강목東史綱目》에는 정도전과 고려 창왕昌王의 스승이었던 승려 찬영粲英과의 대화가 남아 있는데, 이를 통해 석가에 대한 그의 비판적 시각을 알 수 있다. 당시 이금伊金이라는 사람이 스스로를 미륵이라 주장하며 사회적으로 물의를 일으키고 있었는데, 일반 백성들은 물론이고 심지어는 고위 관료들 중에서도 이금을 따르는 사람들이 있을 정도였다. 찬영이 남산 아래에서 초가집을 짓고 살던 정도전을 찾아가 이러한 세태를 탄식하자 정도전은 이렇게 말하였다.

> 이금과 석가는 그 말이 다르지 않다. 다만 석가는 멀리 저승의 일을 말하였으므로 사람들이 그 망령됨을 알지 못하고, 이금은 가까운 3월의 일을 말하여 허망함이 바로 보일뿐이다.

불교에 대한 그의 반감은 "(불사리는) 불 속에 던져 영원히 뿌리를 끊어야지 다시 공경히 받들며 귀의하려는가?"라는 《불씨잡변》의 내용에서도 엿볼 수 있다.

하지만 정도전의 불교 비판이 독창적인 내용을 담고 있는 것은 아니었다. 이규경李圭景은 《오주연문장전산고五洲衍文長箋散稿》의 〈삼봉윤회변변증설三峯輪回辨辨證說〉에서 정도전의 불교 비판에 대해 이렇게 설명하고 있다.

> (앞선 학자들의) 말을 삼가 살피면 삼봉의 변론은 이미 이 말들을 보고 한 것이다. 그러므로 자연히 올바른 이치로 변론되었으니, 이치에 맞지 않는 군더더기 말을 다시 할 것이 없다.

게다가 그의 불교 비판은 고의성마저 있어서 당시 불교도들에게 큰 충격을 주지 못했다는 평가를 받는다. 그럼에도 불구하고 그의 배불론排佛論은 불교의 사회적 폐단과 교리에 대한 철학적 비판을 함께 제기한 것으로 일찍이 우리나라에서는 접할 수 없던 내용이었다.

인륜과 맞바꾼 권력, 정도전의 피를 부르다

정도전은 속으로는 강단을 갖추고 있었으나, 겉으로는 그저 소박한 인물이었다. 《삼봉집》중 〈가난〉에는 귀양 간 그가 아내와 주고받은 편지 내용이 소개되어 있다. 그의 아내가 그에게 공부만 하여 입신양명하기를 바랐는데 오히려 몸은 속박되고 온 집안은 흩어졌다며 호소의 글을 보내자, 그는 오히려 부인에게 다음과 같은 내용이 담긴 편지를 보낸다.

> 당신은 집을 근심하고 나는 나라를 근심하는데 어찌 다른 것이 있겠는가. 각자 자기 직분을 다할 뿐이다.

강단 있는 그의 성격을 짐작할 수 있는 글이다. 이런 그가 수수한 겉모습과 꾸미지 않는 성격의 소유자였음은 《필원잡기筆苑雜記》를 통해 알 수 있다.

> 삼봉 정도전이 일찍이 새벽에 관아에 갔는데 한 쪽은 흰 신, 다른 쪽은 검은 신을 신었다. 자리에 앉자 서리가 (이 사실을) 말하니 삼봉이 내려다보며 한 번 웃더니 끝내 바꾸어 신지 않았다. 일이 끝나 말을 타고 가면서 웃으며 하인에게 이렇게 말하였다. 너는 내 신이 희고 검은 것을 이상하게 여기지 말거라. 왼쪽에서는 흰 것만 보이고 검은 것은 보이지 않고, 오른쪽에서는 검은 것만 보이고 흰 것은 보이지 않는데 무슨 걱정이 있겠는가.

개국 초기 나라의 질서를 세우기 위해 그가 쏟아 부은 엄청난 노력과 수많은 저술에도 불구하고 이에 대한 후대의 평가는 대체로 부정적이다. 순암順菴 안정복安鼎福(1712~1791)은 "정도전이 편찬한 《고려사》 중에서 고려 말엽에 관한 왜곡된 기록은 단번에 다 말하기 어려울 정도"라며 정도전이 자의적으로 편찬한 부분에 대해 탄식하고 있다. 심지어 상촌象村 신흠申欽 (1566~1628)은 고려가 망한 것은 정도전 때문이라고 한탄하기까지 했다.

> 최영이 죽자 고려에는 사람이 없어졌고, 정도전이 들어가자 고려에는 해로 움이 있게 되었다. 이른바 한 사람으로 일어서고 한 사람으로 망한다는 것이 이 것이다.

노비의 피가 흐른다는 모계 혈통의 문제는 언제나 그의 앞길을 가로막는 걸림돌이었다. 명분을 중시하는 성리학자들은 혈통을 문제 삼아 정도전을 무시하였고, 그의 고위직 등용을 반대하곤 했다. 정도전의 입장에서는 참으로 분하고 억울한 일이었지만, 젊은 시절의 그는 이러한 현실을 두루 수용할 수밖에 없었다. 그러나 고위 관직에 오른 뒤에는 자신의 혈통에 관해 알고 있거나 문제시했던 사람들을 여러 가지 명분을 내세워 제거하기 시작한다. 자신과 다른 성향의 인물들도 철저하고 잔인하게 몰아붙였는데, 그의 스승인 목은牧隱 이색李穡도 예외는 아니었다. 송시열宋時烈(1607~1689)은 정도전이 스승을 논박한 것에 대해 이렇게 아쉬워했다.

> 나는 《고려사》를 읽을 때마다 정도전이 목은 선생의 죄를 논박한 데에 이르러서는 반드시 그곳을 가리고 한숨을 짓지 않음이 없었다.

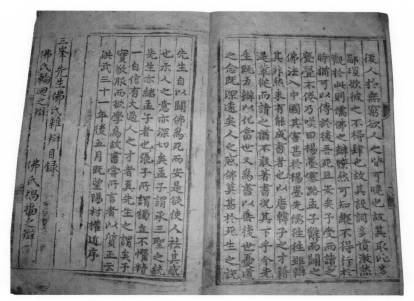

양촌 권근의 서문

　또한 자신과 뜻을 달리하면 아무리 오래된 벗이라도 더 이상 벗으로 생각하지 않았다. 도은陶隱 이숭인李崇仁(1347~1392)은 정도전, 권근權近(1352~1409)과 함께 이색의 문하생으로 매우 가까운 사이였다. 정다웠던 시절 이세 사람의 재미있는 대화가《해동잡록海東雜錄》에 전한다.

　　정도전이 이숭인, 권근과 함께 서로 살아가며 즐거운 것을 말하였다. 권근이 "흰 눈이 뜰에 가득하고 붉은 해가 창을 비추는데 병풍 친 온돌방에 화로를 피운다. 책 한 권 손에 들고 크게 누웠는데 옆에는 미인이 수를 놓는다. 때로 바느질을 멈추고 밤을 구워 먹으면 이것이 즐거움이다"라고 하자 두 사람이 크게 웃으며 "자네의 즐거움이 우리들의 흥을 돋우네 그려"라고 했다.

이렇게 정을 함께 나누던 이숭인이 조선 개국 후 정도전과는 다른 길을 걷는다. 정도전은 이에 불만을 가지고 있다가 자신의 수하를 이숭인이 유배가 있던 고을의 수령으로 보내 죄를 뒤집어씌워 때려죽인 것이다. 이 사실을 두고 먼 훗날 신흠은 '참혹한 소인배의 마음 씀씀이'라고 비판하였다. 이색이 과거 문하생으로 있던 두 사람의 시에 대해 매번 "이숭인이 앞이요, 정도전이 뒤다"라고 평가하였는데, 혹시 이 말이 목은과 도은, 두 사제의 불행을 가져온 계기가 된 것인지도 모를 일이다.

정도전은 정치사상적으로는 능력이 탁월하였지만 처신이 가볍고 포용력 또한 부족하였다. 이러한 그의 행동은 주위의 원망과 탄식을 가져왔고, 결국에는 스스로 화를 부르게 된다. 마침 기회를 보고 있던 이방원李芳遠이 왕자를 해치려 한다는 구실로, 남은南誾의 첩 집에서 연회를 즐기고 있던 정도전을 찾아내어 제거하고 만 것이다. 《불씨잡변》을 저술한 지 수개월이 지나서였다. 이때의 정황을 《동각잡기東閣雜記》는 다음과 같이 전하고 있다.

이숙번에게 활을 쏘아 지붕 위의 기와를 떨어뜨리게 하고 불을 지르자 정도전은 달아나 이웃에 있는 판봉상 민부의 집에 숨었다. 민부가 "배가 불룩한 사람이 내 집에 들어왔다" 하고 소리쳐 군인들이 들어가서 찾아내었다. 칼을 잡고 기어 나오는 정도전을 붙잡아서 태종 앞에 데리고 갔다. 정도전이 올려보며 "살려주신다면 마땅히 힘을 다해 보좌하리다" 라고 하였으나 태종은 "너는 이미 왕씨(고려)를 배반했거늘 또 이씨(조선)도 배반하려 하느냐?" 하며 바로 죽였다.

당시 백성들 사이에서는 그의 죽음이 예견되고 있었다고 한다. 김안로金安老(1481~1537)가 지은 《용천담적기龍泉談寂記》에는 아이들이 부르던 동요에서 이미 그러한 징표가 있었다며 그 가사를 소개하고 있다.

태종 때 "남산에 가서 돌을 내려치는데 정釘이 남지 않는다"라는 동요가 있
었다. 정은 돌을 내리치는 기구이다. 얼마 지나지 않아 남은과 정도전이 죽임을
당하였다. (동요에서 말한) 남南이란 남은을 일컫고, 정은 정鄭과 같은 음으로 정
도전을 일컫는 것이었다. 여餘자는 우리나라 방언에 '남은'이라는 음과 서로 같
다. 그래서 정도전과 남은이 없어질 것을 말한 것이었다.

정도전이 죽자 《불씨잡변》의 원고도 함께 사라져 버렸다. 후일 연산군
의 외조부이자 폐비윤씨의 아버지인 윤기견尹起畎이 성균관 동료인 한혁韓
奕으로부터 이 원고를 입수하게 된다. 원고를 본 윤기견이 경북 예천의 수

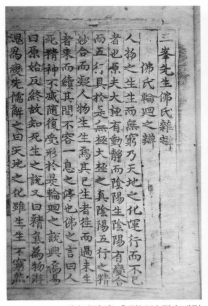
《불씨잡변》 초간본의 권수제면

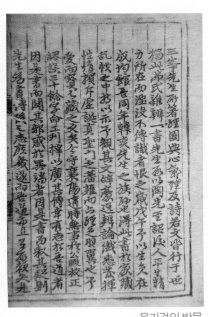
윤기견의 발문

령으로 있을 때인 세조 2년(1456) 5월에 간행함으로써 이 책의 내용이 비로소 세상에 알려지게 되었다. 이것이 바로《불씨잡변》의 초간본이다. 윤기견은 당시 이 책을 간행하게 된 의의를 발문에 이렇게 적고 있다.

> 바라건대 유교에 뜻을 둔 사람이 이 책으로 그 사악함을 물리치고 이단에 미혹한 사람도 이 책으로 그 의혹을 푼다면, 선생이 책을 만들어 후세에 전한 뜻이 거의 이루어지고 유교 또한 의지할 바 있는 것이다. 이 책이 없어지지 않고 다행히 남은 것은 어찌 유교의 큰 행운이 아니겠는가?

호변으로 지키고 싶었던 '사람의 도'

이 책의 정식서명은《삼봉선생불씨잡변三峯先生佛氏雜辯》이다. '佛氏'는 불교 또는 불가, '雜辯'은 여러 변론을 함께 두었다는 뜻이다. '불교의 여러 이론들에 대한 변론들' 정도로 풀이해 볼 수 있겠다.

내용은 '불씨잡변' 15편과 '전대사실前代事實' 4편 등 모두 19편으로 불교의 교리를 비판한 것이다. 15편의 '불씨잡변'은 질의문답 형식을 섞어 불교 교리의 그릇됨을 밝히려 한 것이고, 나머지 4편은 진덕수眞德秀의《대학연의大學衍義》를 살펴서 요약해 놓았다.

맨 처음 윤회설부터 비판하기 시작한다. "(불가에서는) 모든 생물들은 그 수가 정해져 있어서 (전체의 수는) 증가하거나 줄지 않는다고 한다. 그러나 (실제로는) 성한 세상에는 사람과 새, 짐승들이 함께 늘어나고 쇠한 세상에는 함께 줄어든다"고 반박하였다. 인과설에 대해서는 "모든 것을 원인과 결과로 볼 것이 아니라 배우는 사람의 기질을 변화시켜 성현에 이르게 해야 하며, 혹 일시적으로 그렇게 된 것까지 인과응보로 보아야 되겠느냐?'며 비판하고 있다. 자비설에 대해서는 "아들은 아버지를 아버지로 여기지 않고, 신하는 그 임금을 임금으로 여기지 않으니 그 근본과 원류를 잃은 것"이라며 개탄하고 있다.

단행본 《삼봉선생불씨잡변》은 이것이 유일하다. 그 이유는 9년 뒤인 세조 11년(1465)에 정도전의 증손 정문형鄭文炯이 《삼봉선생집》 전 7권 중 권7에 넣어서 간행하였으므로 더 이상 단행본으로 유통할 필요가 없어졌기 때문이다. 이후 정조는 《삼봉집》을 다시 편찬하여 간행할 것을 다음과 같이 명령하였다.

> 정도전과 권근의 행위는 비록 야은 길재 등에 미치지 못하지만 문장과 경륜은 정말로 한 시대의 영웅이었다. 《삼봉집》이 세월이 오래되어 판각이 마멸되어 거의 전하지 않으니 매우 애석하다. 더욱이 《삼봉집》 인본은 아주 드물다. 그래서 그 전에 경상도관찰사에게 그 후손의 집에 오래 전부터 간직해 오던 책을 베껴 올리도록 했다. 문장이 뛰어날 뿐만 아니라 경문의 해석에 논란을 제기한 곳도 볼만한 것이 많다.

정조 15년(1791) 규장각 학사들이 《삼봉집》의 전체 저작을 분류하여 재편한 뒤 교정과 주석을 더하여 다시 간행하였다. 이때 《불씨잡변》은 전 14권 중에 권9에 합편되고, 서명 중 '辯'은 '辨'으로 바뀌게 된다. 그래서 지금도 이 책은 《불씨잡변佛氏雜辨》이라는 서명으로 세상에 알려져 있다.

《불씨잡변》에 수록된 15편의 '辯'은 맹자의 호변好辯을 본받아 저자 자신도 호변을 수단으로 불교를 물리치고자 의도적으로 사용한 것이었다. 그는 《불씨잡변》의 마지막 변인 〈벽이단지변闢異端之辯〉에서 맹자가 이단

1791년 간행의 《삼봉집》   《삼봉집》 권9의 불씨잡변

을 물리치기 위해 호변을 행한 사실을 인용하고 있다.

> 맹자가 호변으로 양주와 묵적을 막은 까닭은 양묵의 도를 막지 않으면 성인
> 의 도가 행해질 수 없었기 때문이었다. 그래서 맹자는 양묵을 물리치는 것을 자
> 기의 임무로 삼았다. (맹자의) 말에 이르기를 능히 양주와 묵적을 막으려 말하는
> 사람은 성인의 무리이다.

이 글에서 맹자가 호변을 행한 까닭은 바로 양주楊朱와 묵적墨翟의 도를
막아 사설邪說이 일어나지 않도록 하고 성인의 도를 행하기 위한 것이었다.
일반적으로 양주는 철저한 개인주의, 묵적은 겸애설을 주창한 학자로 알려
져 있으나 맹자는 그들의 사상에 대해 매우 강경했다. 정도전이 이 말을 인

용한 이유도 자신 역시 그러한 역할을 해야 하는 당위성 때문이라고 한다.

> 불씨의 경우는 그 말이 고상하고 미묘하여 성명性命과 도덕 가운데에 출입함
> 으로써 사람을 미혹시킴이 양묵보다 더 심하였다. 내가 이단을 물리치는 것으로
> 나의 임무로 삼은 것은 세상 사람들이 이단의 설에 미혹되어 모두 빠져서 사람의
> 도가 없어질까 두려워하는 까닭이다.

저자는 〈벽이단지변〉에서 맹자가 양묵을 물리치는 것을 자기의 임무로 삼아 성인의 도를 지켰듯이, 자신도 불씨를 물리치는 것을 임무로 삼고 성인의 도를 지키고자 한다는 굳은 의지를 밝히고 있다. 그러므로 저자가 사용한 '辯'은 맹자가 양묵을 물리칠 때 행한 '好辯'을 따른 것임을 알 수 있다. 서문을 지은 권근 역시 저자는 맹자를 계승한 사람이라고 하여 이러한 사실을 확인시켜 주고 있다.

원래 '辯'이란 어떤 사실의 옳고 그름을 판별하고 바로잡기 위해 대의에 입각하여 논단하는 글의 형식이기도 하다. 규장각 학사들이 《불씨잡변》을 참고한 것은 분명한데, 초간본 《불씨잡변》은 보지 못하였던 것이다. 당시 학사들이 이 초간본을 보았더라면 서명의 한자가 바뀌지 않았을 수도 있었겠다.

요즘 들어 조선왕조 오백 년에서 가장 성공한 사람은 정도전이라는 칭송이 여기저기서 들린다. 옛 시에 "인걸도 물과 같아 가고 아니 오노매라"라 했거늘, 오히려 죽은 지 600백여 년이 지나 그의 정신과 사상이 부활하고 있는 것이다.

無處亦無蹤、

林洞逐龍天豐度量古今人道實作
如是去時不得動古人道實作
頌曰、如如不得動子先
竟作麼生道、
大音卻
我淨躶躶赤洒洒塵風不到時
靜夜長天一月孤、是、水不
波波是水鑑水塵風不到時應現無瑕照天地看
明成兩箇不動纖毫合本然、知音自有按風和
問力思颺他去、頌曰、我我認得分、
猿啼嶺上鶴唳林間斷雲

산은 산이요 물은 물이로다

천로금강경 川老金剛經

산은 산이요
물은 물이로다

《천로금강경》

송나라에서 983년 대장경[開寶
勅版大藏經]이 완성되자 고려에서
도 거란의 침입 후 두 차례에 걸
쳐 대장경을 간행하였다. 가장
먼저 제작된 것이 《초조대장경
初雕大藏經》이고, 현재 해인사에
전하는 《팔만대장경》은 두 번째
로 완성된 것이다.

이 대장경이 완성된 이후 새
로 수입된 불경, 불서 들은 왕실
이나 집권층의 지원 아래 간행
되었다. 그 중 고려가 멸망하기
5년 전인 고려 우왕禑王 13년
(1387) 7월 송나라 판본에 목은
이색의 발문 등을 추가하여 거듭 간행한 금강경 주해서가 있었다. 이것이
바로 《천로금강경》이다. 이 책은 구마라습鳩摩羅什(Kumarajiva)이 번역한 《금
강경》을 송나라 천로川老가 주해한 것이다.

천로가 금강경을 시로 풀이한 금강경 주해서

《금강경》은 우리나라 조계종曹溪宗과 태고종太古宗의 근본 경전이 될 만큼 널리 잘 알려진 경전이다. 우리말로 풀이하면 '금강과 같은 지혜로 저 언덕에 이르는 가르침'이라는 뜻으로, 부처가 제자 수보리須菩提(Subhuti)를 위해 설교한 내용이 담겨 있다.

경문經文에서 '공空'이라는 단어를 결코 사용하지 않으면서도 '모든 것은 공'이라는 사실을 깨우치게 하는 게 특징이다. 이 경은 육조대사六祖大師 이후 선종의 소의경전所依經典으로 유통되면서 여러 주석서가 나왔다. 그 중 양나라의 부대사傅大士, 당나라의 혜능慧能과 종밀宗密, 송나라의 천로

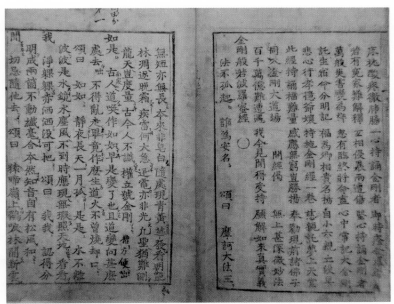

《천로금강경》의 권수제면

와 종경宗鏡 등 다섯 대가의 주석들을 모아《금강경오가해金剛經五家解》라고 한다.

《금강경》은《금강반야바라밀경金剛般若波羅蜜經》의 준말이다. 그러므로 이 책의 정식 서명은《금강반야바라밀경》이 되어야 하고, 저작구분표시에 주해자로 천로가 들어가야 될 것이다. 그러나 금강경 주석서는 여럿이므로 쉽게 구별하기 위해 서문에 있는 제명題名을 따라《천로금강경》이라고 하였다. 천로가《금강경》을 송頌한 것, 쉽게 말해《금강경》을 시로 풀이한 것이다.

그의 주석은 두보杜甫 등의 시인뿐 아니라 노장老莊까지 훤히 꿰뚫고 있을 정도로 시의 경지가 뛰어나다는 평가를 받고 있다. 천로는 후일 임제종臨濟宗의 6세손이 되었으며 야보冶父, 도천道川이라는 호로 많이 알려져 있다.

처음 서문 격인 "법은 홀로 일어서지 못하는데 누가 이름을 지었는고法不孤起, 誰爲安名"에서 다음과 같은 내용으로 시작한다.

거룩하고 위대하신 법왕님은	摩訶大法王
짧지도 또한 길지도 않으시며	無短亦無長
본래 희지도 검지도 않지만	本來非皂白
곳에 따라 푸른색 누런색으로 나타나네	隨處現靑黃

이 시는 부산 범어사梵魚寺 대웅전의 주련에서도 볼 수 있다. 이렇게《천로금강경》은 우리도 모르는 사이에 우리 곁에 다가와 있는 주해서인 것이다. 성철性徹 스님의 법어로 널리 알려진 "산은 산이요, 물은 물이로다"라는 말도 바로 이 책에 나온다. 전기철의 주해(《천로금강경》, 서울, 다시, 2006)

를 통해 우리에게 익숙하거나 많이 알려진 내용 몇 가지를 살펴보자.

"참세상의 지혜를 알려면 참된 자아를 보아라[如理實見分]"에서는 "산은 산이요 물은 물이로다. 부처는 어디에 있는가[山是山 水是水, 佛在甚麼處]"라는 시제로 해설한다. 곧 부처는 산 모양도 아니고 물 모양도 아니다. 그래서 산은 산이요, 물은 물이다. 그렇다면 부처는 어디에 있는가? 부처는 당당히 존재하면서도 비밀스럽게 깨달은 자에게만 보인다는 것이다.

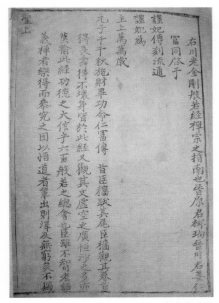

권말의 발문

" '참나'를 깨닫는 지혜가 너무 넓고 커서 바르게 믿기 어렵다[正信希有分]"에서는 "오이를 심으면 오이가, 과일을 심으면 과일이 난다[種瓜得瓜, 種果得果]"고 하였다. 믿음의 뿌리, 선근善根에 따라 믿음이 생긴다. 발심發心하는 선근을 따라서 믿음이 생긴다는 것이다.

"속세의 모든 생각으로 나타나는 상을 버리고 참다운 적멸을 찾아라[離相寂滅分]"에서는 "지혜 있는 자는 어리석은 자를 탓하지 않는다[智不責愚]"고 하였다. 어리석음을 만나도 탓하지 않고, 어려움을 만나도 힘들어 하지 않는 지혜는 모두 다 보이기 때문이라는 것이다.

"참된 가르침이 곧 참된 자아다[持經功德分]"에서는 "인자는 어질다 하고

지자는 지혜롭다고 한다[仁者見之謂之仁, 智者見之謂之智]'고 하였다. 온 세상을 호령할 수 있는 법을 배우지 않고 삼세三世를 뚫을 지혜를 얻지 않으면, 자아의 집착에서 벗어나지 못하리라는 것이다.

창왕의 만수무강을 기원하던 자가
창왕의 목을 베다

이 책은 주상인 우왕의 만만세萬萬歲와 후일 창왕昌王이 되는 원자의 천천추千千秋를 기원하기 위해 간행되었다. 곧 우왕과 원자의 만수무강을 비는 뜻에서 제작된 것이다. 진원군晉原君 유구柳珣(1335~1398)와 진천군晉川君 강인부姜仁富가 우왕 비인 근비謹妃에게 간행할 것을 요청하자 근비가 재물을 보시하여 완성하게 되었다.

발문은 당대 최고 학자이자 스승인 목은牧隱 이색李穡(1328~1396)이 썼다. 그는 후일 우왕 폐위 후 조정 대신들이 차기 왕에 대해 문의하자 이렇게 답하였다.

신우辛禑는 맞으나 공민왕이 자기의 아들이라 하고, 명나라에서도 고명誥命을 하였으니 창昌이 왕업을 잇는 것이 이치에 타당하다.

이처럼 이색이 창왕의 등극에 가장 큰 조력자가 되었으니, 혹시 근비에게 혜안이 있어서 자기의 원군을 미리 알고 있었던 것은 아닐까?

근비가 왕비로 간택된 것은 일족인 이인임李仁任이 당시 국정을 전단專斷하고 있었기 때문이었다. 그녀는 1379년 4월 왕비가 되었고, 이듬해인

1380년 8월 왕자 창을 낳았다. 그러나 우왕 폐위 후 근비의 행적은 묘연하여 다만 기사를 통해 짐작할 수밖에 없다. 우왕이 공양왕 즉위년(1389) 12월 유배지인 강릉에서 죽게 되는데, 이때 함께 있었던 부인은 근비가 아니라 최영崔瑩의 딸인 영비寧妃 최씨였다는 것이다. 그때의 일을 《고려사》 열전에서는

우왕이 죽자 영비 최씨가 10여 일 동안 먹지 않고 밤낮으로 울며 밤에는 반드시 시체를 안고 자고, 쌀을 조금 얻으면 찧어서 제사를 지냈다.

며 전하고 있다. 우왕이 폐위되면서 근비 역시 평민이 되었을 거라는 추측이 대체적인 시각이지만, 위의 기사를 보면 석연치 않은 점이 있다.

이 책의 간행을 주도한 사람은 유구와 강인부이다. 유구는 홍건적이 침입하여 공민왕이 경기도 이천으로 옮겨갔을 때 농장에서 술과 노루고기를 구해 왕에게 바친 인연으로 인정을 받기 시작하여 당시에는 예문관대제학藝文館大提學으로 있었다. 강인부는 환관으로, 조선 태조의 넷째 아들인 이방간李芳幹 처妻의 양아버지였다.

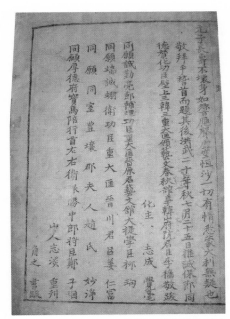

동원자 및 간행자 명단

이 책의 마지막 장을 보면 이 두 사람은 단순히 책의 간행만을 주도한 것이 아니라 함께 '동원'으로 참여한 사실을 알 수 있다. 동원이란 "한 마음으로 발원한다"는 동심발원同心發願의 준말이다. 곧 유구와 강인부는 왕과 왕자의 만수무강을 비는 한 마음으로 발원하여 이 책을 간행했던 것이다.

그러나 간행 주역들의 간절한 기원과는 달리 우왕과 원자(뒷날의 창왕)는 이 책을 간행한 지 2년 뒤에 죽음을 맞게 된다. 공양왕恭讓王(재위 1389~1392)은 1389년 12월 두 사람을 죽여야 한다는 윤회종尹會宗의 건의를 받아들여 "무고한 삶을 많이 죽였으니 자신도 당해야 한다"며 그들을 죽일 것을 명령한 것이다.

공양왕은 이때 유구를 강화에 보내 창왕을 죽인다. 원자이던 창왕의 만수무강을 빌던 그가 세상이 바뀌자 이제는 폐위되어 평민으로 전락한 창왕의 목을 베는 사람이 된 것이다. 결국 창왕은 불과 10세의 어린 나이에 자신의 장수를 축원했던 유구의 손에 의해 저세상으로 가버리고 말았다. 사람의 마음이 조석으로 변하는 것이라고는 하지만, 길지 않은 인생에 어찌 이렇게 비정한 만남이 있을 수 있는지 유구에게 물어볼 일이다. 저 멀리 이국땅에 있는 책 한 권이 한 인생의 영화와 무상을 극명하게 보여주고 있는 셈이다.

이 책과 동일한 판본 중 셋은 현재 보물로 지정되어 있다. 보물 974호와 1127호는 각각《금강반야바라밀경》과《천로금강경》이라는 다른 이름으로 지정되어 있지만, 두 판본 모두 이 책과 같은《천로금강경》이다. 보물 919호는《범망경梵網經》과 이 책의 합본인《범망경금강반야바라밀경합본梵網經金剛般若波羅密經合本》이다.

불갑사 유물인 판본[靈光佛甲寺藏川老解金剛般若波羅蜜經]은 전라남도 시도유

형문화재 제231호로 지정되어 있으며, 보물로 지정된 판본들보다 인쇄상
태가 더 양호한 것으로 알려져 있다.

知此乙巳仲秋古芸居士題之

余此卷庚戌秋攜至燕中絕愛風尚書最好古贈之羅

欲寄鮑以文續刻知不足齋叢書中力求

疾時擥快次修再入燕見兩峯案頭藍曰本身經

觀古字畫精妙知祕曉嵐處借鈔也中國之士嗜書如

此余於卷中旁無副本茫然不知舊詮之如何考訂前史

再爲箋釋亦自笑其癖也壬子仲春又題

서울 이전에 도읍지가 21곳이나 있었네

이십일도회고시 二十一都懷古詩

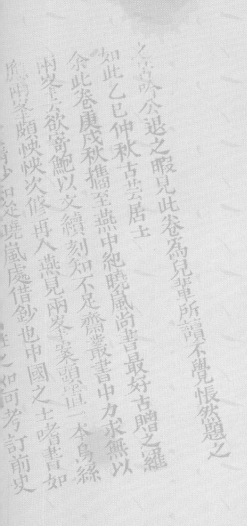

우리나라 역대 왕조와 그 도읍을 시로 읊어 민족의 역사를 쉽게 이해할
수 있도록 엮은 책이 있다. 《이십일도회고시》가 그것이다.

유득공柳得恭(1749~1807)이 단군조선부터 고려 때까지 역대 왕조의 21개
도읍지를 회고하면서 읊은 칠언절구七言絶句 시를 모은 것이다. 그가 31세
였던 정조 2년(1778)에《동국지지》를 읽고 어린 아이들도 듣고 외울 수 있도
록 마음을 써서 지었다고 하는데, 그래서인지 도읍이나 유적에 대한 주석
이 자세하다.《동국지지》는 한백겸韓百謙(1552~1615)이 지은《동국지리지東國
地理誌》를 말한다. 한 마디로 말해 이 책은 한시로 공부하는 우리나라 역사
이야기라고 할 수 있다.

민족주의적 역사관으로 발해사를 정리한 선각자

유득공의 호는 영재泠齋, 영암泠庵, 고운당古芸堂, 고운거사古芸居士 등이
고, 자는 혜보惠甫, 혜풍惠風이다. 그의 호 중 '영재'는 '영泠'자와 '냉冷'자
가 유사한 탓에 '냉재'로 필사되어 전하기도 한다.

다섯 살 때 아버지가 돌아가시어 외가에서 생활하다가 열한 살 되던 해
에 서울로 이사했다. 어머니 홍씨는 바느질일을 하면서도 아들에게는 좋
은 옷을 입히고 글을 익히게 하였다고 한다.

유득공은 일찍부터 우리나라 역사에 대한 관심이 지대했다. 그러던 중
정조 3년(1779) 규장각奎章閣이 설립되자 박제가朴齊家, 이덕무李德懋, 서이수

徐理修 등과 함께 규장각 검서檢書로 발탁되어 많은 서적을 열람할 기회를 얻게 된다. 이를 통해 역사에 대한 그의 관심이 점차 확대되면서 민족주의적 역사관이 구체화되기 시작하였다.

그는 규장각 검서관이 되기 한 해 전에 지은 《이십일도회고시》에서 우리나라의 도읍지 21곳을 회고시의 형식으로 소개하였다. 발해를 빠뜨린 사실을 나중에서야 알게 되어, 6년 뒤인 정조 8년(1784)에는 《발해고渤海考》를 저술했다. 그의 민족주의적인 사관을

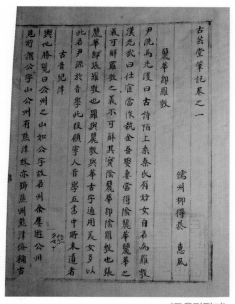

《고운당필기》

힘차게 펼쳐 보인 저작이다. 우리나라의 역사이면서도 우리 역사의 영역에서 빠져 있던 발해사. 그 소중한 역사를 《삼국사기三國史記》와 《고려사高麗史》 등의 우리 역사서는 물론 중국과 일본의 역사서까지 참고해서 체계적으로 편찬한 것이다. 그는 《발해고》의 서문에서 오늘의 우리들마저 따끔할 정도로 강한 일침을 놓고 있다.

> 남쪽에 있었던 삼국의 역사를 고려가 수찬했듯이 북쪽에 있었던 발해의 역사도 수찬하여 마땅히 남북국사가 있었어야 했다. 그러나 고려가 수찬하지 않았으니 잘못이다. (왕족인) 대씨大氏는 누구인가? 고구려 사람이다. 그가 점유했던 땅은 어디인가? 고구려 땅이다. 그러므로 발해 땅은 바로 고구려 땅이다. 고려가

유득공은 이미 200여 년 전에 발해사에 관한 선견을 남겨 우리에게 오늘의 일을 경고한 선각자였다. 오늘날 중국이 동북공정東北工程의 일환으로 고조선, 고구려사와 함께 발해사를 자신들의 역사로 편입시키려는 모습을 그는 이미 예견하고 있었던 것이다. 역사를 알아야 세계를 지배할 수 있다고 했던가? 앞으로도 얼마든지 이와 유사한 일이 발생할 수 있다. 한때의 흥분으로 끝낼 일이 아니라 선현들의 글을 잘 살펴 앞날을 내다보는 지침으로 삼을 필요가 있겠다.

이외에도 서민들의 생활과 풍속을 수록한 《경도잡지京都雜志》와 《사군지四郡志》, 《영재집冷齋集》, 《고운당필기古芸堂筆記》, 《연대재유록燕臺再游錄》 등

《경도잡지》

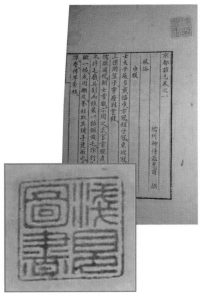

서유구의 옛 소장본이었던 《경도잡지》
(장서인은 淺見圖書)

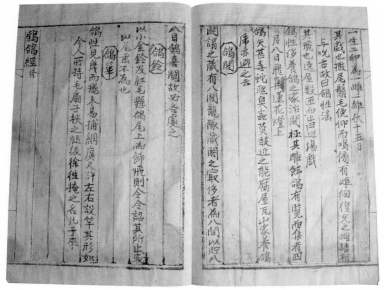

《발합경》

다양한 저작이 전하고 있다.

그에게는 뛰어난 문장력과 탁월한 역사관뿐 아니라 애완동물을 키우는 취미도 있었다. 이에 관상용 비둘기의 이름, 종류, 습성, 외관 등에 관해 자신이 보고 들은 사실을 기록해 《발합경鵓鴿經》이라는 책을 남겼다.

역사적 사실을 서정적으로 읊은, 민족의 대서사시

유득공이 남긴 글 중에는 역사와 풍속에 관한 저작이 많지만, 그의 한시 또한 일품이었다고 한다. 동시대에 살았던 이덕무, 박제가 등의 동지와 이

《한객건연집》

조원李調元, 반정균潘廷筠 등의 중국인들이 그의 시를 평가한 내용을 종합한 송준호 교수는 〈유득공의 이십일도회고시 연구〉(《동악어문논집》 12집, 1980)에서 "시격詩格은 다양하고 시정詩情이 풍부하며 성율聲律이 뛰어나다"고 평가하였다.

그는 이미 청나라에 시인으로 알려져 있었다. 유득공의 작품은 그의 숙부 유금柳琴의 노력으로 중국에 알려지게 된다. 영조 52년(1776) 유금이 규장각의 사검서인 유득공, 이덕무, 박제가, 이서구李書九 등의 시를 모은 《한객건연집韓客巾衍集》을 연경에 가지고 가서 이조원, 반정균의 서문을 받아 이듬해 중국에서 간행했던 것이다.

유득공의 연행 기록인 《연대재유록》에는 1801년 당시 《이십일도회고시》에 대한 중국인 이정원李鼎元의 관심을 엿볼 수 있는 내용이 있다.

> (이정원이) "일찍이 무관 이덕무의 죽음을 슬퍼하는 시를 그 아들에게 보냈
> 는데, 지금 그 아들은 무엇을 합니까?"하고 물었다. 나는 "시는 보았습니다. 그
> 아들 역시 관직에 있습니다"라고 하였다. 《이십일도회고시》는 판각되지 않았나
> 요?"라고 묻기에 나는 "판각할 것이 되지 못합니다"라고 말하였다.

《이십일도회고시》는 우리나라 역대 왕조의 건국과 도읍에 관한 사실을
중국과 우리나라 역사서 및 지리서 등에서 인용하여 기술한 뒤 시를 수록
하고 주석을 붙인 형식으로 내용을 전개하고 있다. 통치기간이 길었거나
규모가 방대한 왕조, 곧 신라나 고려의 경우에는 상대적으로 작품 수가 많
은 것으로 보아 각 왕조의 장단이나 규모에 따라 작품 수를 다르게 한 것으
로 보인다.

평양부의 단군조선 1수, 기자조선의 2수, 위만조선의 1수, 고구려의 2
수, 익산군의 마한馬韓 1수, 보덕報德국 1수, 성천부의 비류沸流 1수, 강릉부
의 예濊국 1수, 명주국 1수, 춘천부의 맥貊국 1수, 부여현의 백제 3수, 인천
부의 미추홀彌鄒忽 1수, 제주목의 탐라耽羅 1수, 경주부의 신라 6수, 김해부
의 금관金官국 1수, 고령현의 대가야大伽倻 1수, 개령현의 감문甘文국 1수, 울
릉도의 우산于山국 1수, 철원부의 태봉泰封 1수, 전주부의 후백제 1수, 개성
부의 고려 8수 등 모두 21도 37수를 수록하고 있다.

보통의 회고시는 과거와 현재를 대비하여 인생무상을 표현하거나 자신
의 감정을 서정적으로 읊은 것이다. 이와 달리 유득공의 회고시들은 주체
의식을 가진 민족주의적 사관을 바탕으로 한 작품들이다. 곧 단군조선에
서 고려까지 근 사천 년 동안 이 땅에 세워졌던 나라의 도읍지 21곳을 통해

민족의 주체의식을 찾고자 한 것이다. 이러한 사실은 탐라와 감문, 그리고 우산국까지 국가로 내세움으로써 우리가 미처 생각하지 못하고 있는 역사를 모두 알리려 한 것에서 잘 나타나고 있다.

그는 역대 왕조의 수도를 시대순으로 나열하여 민족의 대서사시를 쓰고자 했다. 가장 먼저 수록된 단군조선을 보자.

대동강은 작은 서호	大同江是小西湖
왕검성의 남쪽은 두루 녹음이 무성하네	王儉城南遍綠蕪
만리 길 도산에서 옥을 쥐고 오니	萬里塗山來執玉
예쁜 아이가 오히려 해부루를 기억하네	佳兒尙憶解扶婁

이 시뿐 아니라 다른 시들도 역사적인 사실을 시각적이고 서정적인 표현으로 읊고 있는데, 이는 그가 서문에서 말했듯이 어린아이들도 듣고 외울 수 있도록 하기 위한 것이었다. 국민 모두가 어릴 때부터 우리의 유구하고 방대한 역사를 알아야 한다고 생각했기 때문이다. 시가 끝나면 그 지역의 고사와 유적에 대해 상세한 주석을 남겨 그 내용을 쉽게 이해할 수 있도록 했다.

저자도 찾지 못했던 초편본을 미국 땅에서 발견하다

여기 이 책의 완성과 간행에 관한 재미있고 특이한 사실이 있다. 첫째는 수록된 시의 수가 다른 이본異本이 있다는 점이고, 둘째는 중국에서 간행되어 애송되었다는 점이다.

그 배경은 이렇다. 처음 유득공이 이 책을 저술할 때 시의 수는 37편으로 현재 항간에 유통되는 책에 수록된 것보다 6편이 적었고, 편성도 조금 달랐다. 물론 이 책은 간행되지 않았다. 따라서 박현규 교수의 표현처럼 '초편본初編本'이라는 이름이 적당하겠다. 이 초편본에 수록된 시는 역사적인 내용을 담고 있으므로 모든 시에 비교적 상세한 주석이 있었다. 그런데 후일 저자가 이 책을 간행하려고 할 때 문제가 생겼다.

나는 부본이 없어 망연하였다. (당연히) 옛 주석이 어떻게 되어 있었는지를 알지 못하겠더라. 그래서 역사서를 고찰하여 다시 주석을 하였다.

정조 16년(1792)에 쓴 서문에서 자신이 초편본을 가지고 있지 않아서 다시 주석하여 완성했다고 밝히고 있는 것이다. 이것이 바로 재편본再編本으로, 고증은 대부분 이덕무의 도움을 받았다. 이 책은 국내외에서 수차례 간행되었는데, 현재 국내에서 유통되는 책들은 모두 재편본으로 보아도 좋다.

이 책의 청초본淸鈔本 초편본이 중국의 국가도서관(전 북경도서관)에 있다는 사실이 몇 년 전 박현규 교수의 발표와 논문으로 소개되었다. '청초본'이라는 용

초편본 《이십일도회고시》

어는 청나라 때 중국인이 베껴 놓은 사본을 가리키는 것으로 생각된다.

유득공 자신도 찾지 못해서 재편까지 했던 《이십일도회고시》가 중국인의 손으로 필사되어 중국 땅에 전하고 있는 것만으로도 다행이었다. 그래도 필자는 중국에 전한다면 우리나라에 전하지 못할 이유가 있으랴 생각하며 초편본을 볼 기회만 기다리고 있었다. 그러나 당대 저자도 찾지 못한 초편본을 200년도 더 지난 지금 쉽게 발견할 수 있겠는가? 한번 보고 싶었지만 그저 마음뿐이었다.

초편본을 볼 수 있는 행운은 다른 곳에서 찾아왔다. 바로 미국의 버클리대학이었다. 책 표지의 서명은 《동국이십일도회고시東國二十一都懷古詩》. 그 선명한 먹색은 세월의 흐름도 잊게 하였다. 목판으로 판식을 찍은 뒤에 필사해 놓은 초편본이었다.

저자가 잃어버렸다는 초편본은 이미 중국으로 흘러가 현전現傳하는 청초본의 저본이 되었고, 국내에 남아 있던 것 중 하나는 일본을 거쳐 미국으로 유출되었던 것이다. 버클리대학 동아시아도서관의 중국계 사서 Chaoying Fang房兆楹이 1969년에 간행한 영문목록해제서 《The Asami Library》에서 이미 이 사실을 간략하게 소개했던 것도 뒤늦게야 알게 되었다.

박 교수가 소개한 청초본의 권수제는 《이십일도회고시》, 저작사항 표기는 '한산주유득공완정저漢山州柳得恭宛亭著'라고 되어 있다고 한다. 버클리대학 소장의 이 책도 이와 동일하다. 감문국의 시에서 다른 문자가 보이기는 하나, 청초본과 이 책은 그 편성과 내용이 대체로 동일한 것으로 판단된다. 분명한 차이는 청초본은 중국인이 필사한 것이지만, 이 책은 우리나라 사람이 쓴 우리 책이라는 사실이다.

이 책에 수록된 시는 후일 엮은 재편본보다 6수가 적다. 수록된 시의 수

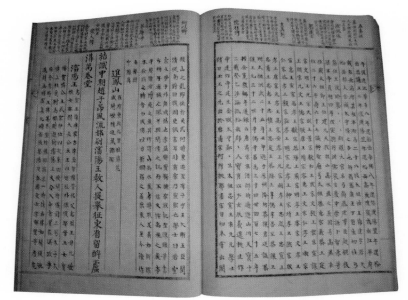

만 다른 것이 아니라 수록된 시도 일치하지 않는다. 초편본에 있는 시가 재편본에는 없기도 하고, 재편본에 있는 시가 초편본에는 없기도 하다. 게다가 주석에도 차이가 있고, 구절이 다른 것들도 제법 보인다. 앞에서 본 단군조선의 시도 앞의 두 구가 다르다. 재편본에는

대동강물이 안개 젖은 무성한 녹음을 적시니	大同江水浸烟蕪
왕검성의 봄은 그림과 같네	王儉春城似畵圖

라고 되어 있다.

초편본에는 서문이 없다. 아마도 유득공은 후일 간행할 기회가 있다면

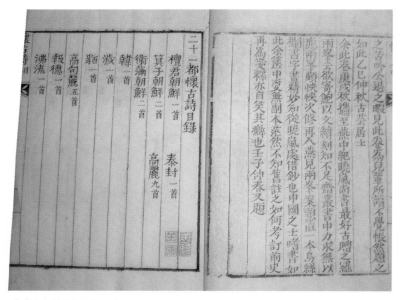

재편본《이십일도회고시》

그때 서문을 쓰려고 했을 것이다. 그가 중국에 갔을 때 이정원에게 이 책이 판각할 거리가 되지 못한다고 말한 사실에서도 이를 짐작할 수 있다.

그가 재편본 서문에 초편본의 부본이 없어 다시 엮었다는 글을 남겨 두었기 때문에 초편본의 존재를 알 수 있었다. 만일 유득공이 서문에 이러한 글을 남기지 않았더라면《이십일도회고시》는 하나뿐이라고 생각할 수밖에 없었을 것이다. 그리고 이 책은 누군가 원본을 수정해서 만든 것이니 별 볼 일 없는 책이라고 판단했을지도 모른다. 그가 서문에서 이 책의 존재를 언급했기 때문에 그때 잃어버린 책을 지금 와서라도 찾을 수 있게 된 것이다.

이 책이 중국에서 간행된 연유는 유득공이 1790년 연경에 들어갔을 때

수고본手稿本을 기윤紀昀에게 주었고, 이것을 청나라 문인 조지겸趙之謙이 《학재총서鶴齋叢書》에 편입하여 간행했기 때문이라고 한다. 중국인들이 이 시들을 좋아하여 고종 14년(1877)에 간행하였고, 우리나라에서는 이를 역수입하기도 했다.

이 책은 역대 왕조의 도읍지를 회고한 시로 우리 민족의 주체의식을 고양했다는 평가를 받고 있다. 만일 저자가 이 책을 재편할 때 초편본을 보았더라면 그 재편본은 현전하는 재편본과는 분명 다른 점이 있었을 것이다. 지금이라도 그에게 초편본의 존재를 알릴 수는 없을까? 또 초편본이 미국과 중국 등 이역에만 남아 있는 것에 대해서는 어떻게 설명해야 할까?

領功響者也然製曰體曰意曰聲

德之於中庸也三綱領之於大學也

能成中庸之德綱領不全則豈

是觀之滄浪之正法能造大學之道乎由

景元之所謂正宗者乃涯之五音主乎聲而

譜之所謂正宗者乃其體意舉而言之者也伯

家之所謂正宗者蓋其體意而言之者也然則主

有體有意百篇一說在於此外乎今觀詩法源流

弘所傳社詩英裕二律詩亦見以為不誣矣

也聲也供於其中則愚之所見亦似不誣矣

古而宗信今貴耳而不曰者天下之情也然信之所

見雖不厭故取信於今世而豪傑之士行此編而信之

而信之

시는 운율도 있지만 체의성體意聲도 있다네

시법원류 詩法源流

復功響者也然則曰體曰意曰聲之於
德之扶中庸也三綱領之於
能成中庸之被調不備則堂能造大學之
是觀之滄浪之正宗主乎意西漢以五音主乎聲而
景元之所謂正音者乃色其體意聲而言之者也然則詩
謙之所謂正宗者豈在於此外乎今觀詩法源流中
家之所謂正宗者豈在於此見似為不誣而況揚之所謂體意
有體有意有聲之說恍之所謂體也意
亦尊杜詩以格高律詩之正也似不誣矣然信
以為似也變之所
意曰舜之於詩家猶三達
德不全則豈
達德之道乎由
大學之道乎由

시는 운율도 있지만
체의성도 있다네

《시법원류》

《시법원류》는 원나라 양재楊載(1271~ 1323)가 시를 짓고 배우기 위한 기초 지식을 수록하여 편찬한 시화서詩話書이다. 양재는 원나라를 대표하는 문인인데,《시법원류》는 그가 편찬한 것이 아니라 그의 이름을 붙인 위작이라는 설도 있다. 편찬 이후 명나라의 주정징이 수정한 것을 조선 명종 때의 학자이자 정치가인 윤춘년 尹春年(1514~1567)이 자신의 주해서까지 덧붙여 교서관校書館에서 목활자로 간행한 것이 바로 이 책이다.

그동안 윤춘년은 문인 또는 출판인으로서의 활동에 대해 제대로 평가 받지 못한 면이 있다. 정치인 윤춘년의 부정적인 이미지가 그의 다른 모습을 가려버렸기 때문이었다. 당대에는 물론 후대에도 좋은 평가를 받지는 못했는데, 최근에 와서 문인 또는 출판인으로서의 업적이 새롭게 인정되고 있다.

시문을 좋아했으나 잘 아는 것은 아니다?

남겨진 기록으로만 본다면 윤춘년은 사고방식이 다양하고 상당히 특이한 삶을 살았던 인물임이 분명하다. 그의 호는 창주滄洲, 학음學音 또는 무심도인無心道人이다. 중종 38년(1543)에 있었던 식년시式年試에 갑과甲科로 급제하면서 순조로운 관직의 길을 걸었다.

명종 즉위 후에는 육촌 형인 윤원형尹元衡의 편에 서서 윤원로尹元老를 제거하는데 앞장섰고, 윤원형이 실각할 때까지 주요 중앙 관직을 두루 역임하였다. 윤원형이 첩 정난정鄭蘭貞이 낳은 자녀를 위해 서얼허통론庶孼許通論을 내세웠을 때 대사헌大司憲이었던 그는 이에 반대하지 않고 오히려 동조하여 후대에 비판 받을 빌미를 제공하기도 했다.

그는 시작詩作에 관심이 많아서 당대 문인들에게 시를 짓거나 배우는 사람이 알아야 할 내용들을 전해 주고자 노력했다. 그래서 시문평詩文評에 관련된 서적들을 주로 간행했던 것이다.

당시에는 수용하기 어려운 괴이하고 신령神靈스러운 내용들도 받아들여 구우瞿佑(1347~1427)가 지은 《전등신화剪燈新話》를 주해註解하고 간행을 도왔다. 특히 김시습金時習(1435~1493)을 우리나라의 공자라고 지극히 추앙하면서, 김시습의 시문과 소설 《금오신화金鰲新話》도 간행하였다. 현재까지 전하는 《금오신화》 가운데 중국 다롄[大連]도서관 소장 목판본에는 《매월당금오신화梅月堂金鰲新話》라는 서명에 이어 '윤춘년 편집'이라고 되어 있어 간행에 앞서 그가 직접 편집까지 했던 사실도 확인할 수 있다.

윤춘년이 죽은 뒤 그에 대한 평가는 청렴했다는 점을 제외하고는 아주 부정적이었다. 《선조실록》에는 그를 다음과 같은 사람으로 적어 놓았다.

윤춘년이 죽었다. 그는 사람됨이 가벼워서 스스로 무리들을 모아 시문을 강설하기를 즐거워하며 스승으로 자처하였다. (그러나) 말하는 것은 모두 부처와 노자 계통이었다. (중략) 괴이하고 허망한 세속의 이야기를 말하기 좋아하였는

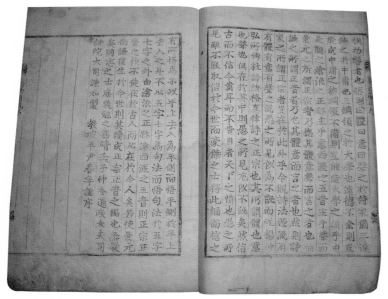

윤춘년의 서문

데, 김시습을 높이 받들어 공자에 비유하였다. (중략) 그러나 그는 주색과 뇌물은 좋아하지 않았으므로 사람들이 칭송하였다. 육조의 판서가 되어서는 개혁한 바도 많았는데 도를 행하였다고 말하였다.

그의 호 '창주'는 신선이나 성인들이 사는 곳을 뜻하고, 또 다른 호인 '무심도인'은 수행이 높아 세상의 모든 물욕과 번뇌를 벗어난 사람을 가리키는 말이다. 그가 추구하던 사상이 부처와 노자 계통이었음을 엿볼 수 있는 부분이다.

《율곡선생전서》의 〈경연일기經筵日記〉에는 윤춘년이 면직된 뒤에 남긴 이이李珥(1536~1584)의 글이 있다.

예조판서 윤춘년 역시 파직되었다. 춘년은 윤원형의 족제로서 원형에게 붙어 소를 올려 윤원로를 죄주자고 청하였다. 이로 인해 입신하여 갑자기 영달하면서 가볍고 방자하게 자신감을 가졌다. 가벼운 무리들이 많이 따르며 배웠다. 그는 망령되게 자신을 뛰어난 사람이라고 하며 스승의 길을 실천한다고 자처하였다. 스스로 득도하였다고 하였으나 논설한 바는 모두 부처와 노자가 한 말들을 주워 정리한 것에 불과하였고, 실은 식견이 없었으므로 식자들이 그의 망령된 짓을 비웃었다. 다만 벼슬살이가 비교적 청렴하였으므로 원망 또한 적어 다만 면직만 시켰을 뿐이었다.

위의 두 기록에서 본 윤춘년은 사람됨이 가볍고 무리들을 모아 시문을 가르치기를 좋아했으며, 주로 하는 말은 부처와 노자의 인용이었지만 관직을 맡아서는 청렴했다고 한다.

그렇다면 그가 가르치기를 즐긴 시문에 대한 당시의 평가는 어땠을까? 먼저 이이의 글을 살펴보자.

윤춘년이 죽었다. (중략) 또 음률을 잘 안다고 스스로 말하였다. 또 남의 시 몇 구나 짤막한 시를 보아도 그 사람이 현명한지 아닌지, 장수할 것인지 요절할 것인지, 귀한지 천한지를 알 수 있다고 하였다.

율곡 이이는 이어서 윤춘년이 시문을 잘 안다고 한 것에 대해 부정적으로 평가하고 있다.

권응인權應仁이 지은 《송계만록松溪漫錄》에서도 윤춘년이 처음 배우는 어린 유생들에게 과시하는 모습은 아는 것이 아니라 뽐내는 것이라며, 그가 성률에 대한 지식이 없다고 비꼬고 있다.

윤춘년은 글을 짓는데 한 자를 써도 반드시 성률에 맞은 뒤에야 사용했다고 한다. 그리고 처음 배우는 사람들이 지은 시부를 보고 혹 한 편 모두가 성률에 맞는다고 칭찬하기도 하였다. 나이 어린 유생들이 어찌 성률을 다 알겠는가? 오히려 윤춘년이 모르는 것을 아는 척하여 자신을 남들에게 뽐내는 것인데, 당상의 사람은 이것을 분별하지 못하는가?

윤근수尹根壽(1537~1616) 역시 《월정만필月汀漫筆》에서 "윤춘년은 평생 성률학에 대해 자부하였지만 과연 (자신의) 견해가 있는지 모르겠다. (중략) 하물며 우리나라는 말과 소리가 다른데, 중국의 성률에 맞겠는가? 정말 반드시 그렇지는 못할 것이다"라며 윤춘년의 성률을 의심하는 글을 남겨 두었다. 이어서 윤근수는 윤춘년이 말하는 성률에 대해 노수신盧守愼(1515~1590)에게 묻자 노수신이 이렇게 대답했다며 그 내용을 소개하고 있다.

이것은 잠꼬대에 불과할 뿐이다. 또 고요하여 움직이지 않는 것이 성이니 이것은 한결같이 맑은 것이다. 정에 이르러 느껴야 드디어 세상의 모든 일에 통하게 되는 것이다. 어찌 함께 맑다고 말할 수 있겠는가?

윤춘년과 함께 과거에 합격한 노수신도 윤춘년이 시의 성정性情을 해석한 것에 대해서 비판적인 견해를 가지고 있었던 것이다. 노수신은 한때 귀양을 가게 될 처지에 놓인 적이 있었는데, 당시 실세이던 윤춘년의 도움을 받아 그 위기를 면했다. 윤춘년은 노수신을 자신과 견해가 같은 인물이라고 생각해 구제해 주었으나, 윤춘년의 성률에 대한 노수신의 평가는 이렇게 냉혹하기만 했다.

다양한 사상과 학문을 수용했던 열린 문인

윤춘년의 시와 그의 해박한 지식에 대해 찬탄을 보낸 글도 심심치 않게 발견할 수 있다. 남극관南克寬(1689~1714)은 《단거일기端居日記》에서 윤춘년의 시와 음률에 대해 이렇게 적어 두었다.

> 시는 매우 순박하고 단아하며, 잡문과 《추당소록秋堂小錄》도 또한 읽을 만하다. 음률을 논한 것에 대해 나는 알지 못하겠는데, 무릇 사색에 힘써 스스로 깨달은 것이라 한다.

윤춘년이 시에 해박하였다는 사실은 《오산설림초고五山說林草藁》에도 보인다. 차천로車天輅(1556~1615)가 그의 아버지 차식車軾과 윤춘년이 시에 관해 나눈 대화를 수록해 놓은 것이다.

> 윤춘년은 아버지와 계묘년(1543)에 함께 과거에 합격하였는데, 시를 보는 눈이 있었다. 아버지께서 지은 율시 한 수를 보고 "그대는 성당盛唐(713~761년으로 시문학이 가장 융성했던 시기)의 시 중에서 응당 두보의 시를 읽었을 것입니다"라고 하였다. 아버지께서는 "그렇습니다. 나는 두보 시에 힘쓰고 있습니다"라고 하였다. (중략) 그 뒤 당나라의 고취鼓吹(군악대)를 읽고 시를 지어 보이니 윤공이 "이것은 만당晚唐(836년부터 당나라 후기에 이르는 약 70년간)의 마음과 취향이 있습니다. 반드시 당나라 시의 고취일 것입니다"라고 하였다. 또 아버지께서 두보의 시를 읽은 뒤 지은 시를 윤공이 보고서는 "이것은 또 성당의 음률이 있으니 반드시 두보의 율시를 읽었을 것입니다"고 하였다. 말하는 바가 모두 맞아 아버지께서 존경하여 탄복하였다.

윤춘년과 함께 교유交遊했던 박지화朴枝華(1513~1592) 역시 그가 시를 매우 잘 아는 사람이라고 생각했다. 박지화가 극히 이례적으로 그러한 평가를 했던 것은 윤춘년이 그를 정직하고 박학한 벗이라고 생각하여 교유했기 때문인 것으로 보인다.

윤춘년이 지은 《학음고學音稿》에는 경술년(명종 5, 1550)에 호가 습재인 박지화에게 준 〈증습재贈習齋〉가 실려 있는데, 그 글에서 윤춘년이 그를 '익우益友'라고 표현했을 만큼 두 사람은 서로를 지우知友라고 생각했던 것이다.

후대의 이수광李睟光(1563~1628)도 《지봉유설芝峰類說》에서 윤춘년에 대해 대체로 긍정적인 평가를 하고 있다.

> 윤춘년은 스스로 성률에 대해 능히 이해한다고 하였는데, 지금 그 말[辭]을 보니 문구[語]는 단아하지 않더라도 오히려 그 소리 말[音辭]은 화합한다고 할 수 있다.

근래에 와서 문인이자 출판인이었던 윤춘년의 활동이 새롭게 평가되고 있다. 그가 이 책에 편입시킨 독자 저술 〈시법원류체의성삼자주해詩法源流體意聲三字註解〉에 대해서 이가원 교수는 "한, 당의 여러 체시에 대하여 음률적인 면을 연구한 가장 아름다운 지결旨訣이었다"며 이미 극찬하였다.

이와 같이 윤춘년은 시를 많이 읽었고, 시를 보는 안목도 나름대로 특출한 인물이었다. 다만 사람됨이 가볍다는 점과 윤원형의 충복이었다는 사실 때문에 다른 측면까지 제대로 평가받지 못하고 있었다.

그는 불교와 노자에 나온 말을 자주 인용하였고, 걸핏하면 성현의 말을 들어 논변하는 것을 좋아했다고 한다. 논변을 좋아한 것은 따지기를 좋아하는 성격에서 비롯된 것일 수도 있지만, 양주와 묵적 등 이단에 대해 논변을 잘했던 맹자를 따른 것으로도 생각된다. 그는 유교뿐 아니라 불교와 노

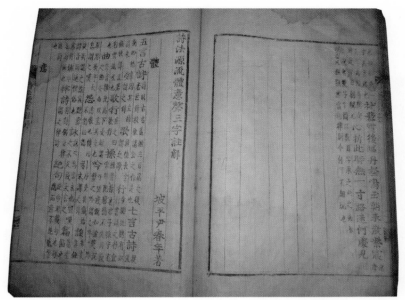

자에 관해서도 해박한 지식을 가지고 있었던 것이다.

"죽기 전에는 밤이면 밀실에서 혼자 무당굿을 하고 귀신에게 제사하다가 죽었다"라고 한 《선조실록》의 기사記事를 볼 때 그는 샤머니즘도 받아들인 인물이었다. 그 당시에는 정말 기괴하다고 말할 수 있을 만큼 아주 특이한 사람이었다.

그가 이렇게 다양한 사상과 학문을 수용할 수 있었다는 점이 오히려 더 많은 흥미를 불러일으킨다. 이러한 기질 때문에 그는 어떤 부류의 사람들과도 대화할 수 있지 않았을까? 그가 승려인 휴정休靜, 보우普雨 등과 교유할 수 있었던 것도 불교를 이해하려는 의지와 그 어떤 사상도 받아들일 수 있는 마음이 있었기 때문일 것이다. 그렇다면 그를 다양한 사상과 학문을 받아들여 누구와도 교유할 수 있었던 열린 사람으로 평가하는 것은 어떨까?

시의 정종이 되려면 체의성을 갖춰야

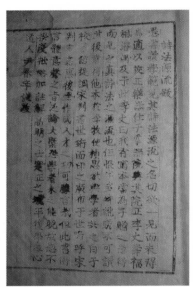

윤춘년의 발문

이 책은 시법에 관한 여러 저술을 모아 《시법원류》라는 대표 서명을 붙인 것이다. 그러므로 서명은 동일하더라도 그 구성이 다소 다른 책이 있을 수 있다. 이 책의 편성은 시법에 대한 원론적 내용을 담은 〈시법정론詩法正論〉, 〈시법가수詩法家數〉, 〈시해詩解〉와 두보의 시를 대상으로 시의 격식을 분석한 〈시격詩格〉, 그리고 체·의·성에 대해 설명한 윤춘년의 독자저술인 〈시법원류체의성삼자주해〉 등으로 구성되어 있다. 〈시격〉은 34시격을 제시하고 두보의 시 43수를 주석해 놓은 것이다. 다소간의 반론은 있지만, 이 중 핵심적인 부분은 윤춘년이 '율시의 정종正宗'이라고 극찬한 〈시격〉이라고 할 수 있다.

그렇다면 이 책은 처음에 어떻게 출판될 수 있었을까? 윤춘년의 발문을 살펴보자.

내가 일찍이 《학범》을 읽다가 《시법원류》라는 이름을 보고 간절하게 한번 보고자 했으나 얻지를 못했다. 마침 악기를 교정하는 일로 장악원掌樂院에 근무하였는데, 장악원의 원정院正인 이수복李壽福 어른과 대화하는 중에 우연히 《시법원류》에 이르게 되었다. 그 어른이 "내게 사본이 있으니 마땅히 그대에게 주겠다"라고 하였다. 내가 사본을 얻어 살펴보니 참으로 시법의 원류였다. 다만 글자가 어그러지고 잘못되어 거의 읽을 수가 없었다. 그 뒤에 다행히 목사인 이정에게서 다른 본을 얻었는데, 학자들과 이를 함께 하고자 하는 생각에 교서관校書館 제조提調인 판서 송세형宋世珩에게 아뢰어 인쇄함으로써 세상에 널리 퍼뜨리게 되었다. 아! 송판서가 후학에게 덕을 베풀어 인재를 키우려는 공을 어찌 다 말할 수 있겠는가? 그러나 이 책에서는 체의성의 요지를 대강 말하였기에 학자들이 능히 깨닫지 못할까 걱정되었다. 그래서 천박하고 졸렬함을 헤아리지 않고 내가 주해를 대략 더하였으니 고명한 사람은 진실로 이것을 정하라.

윤춘년은 이 책을 장악원정 이수복에게서 얻어 처음 보았는데 오류가 많은 사본이었다. 그 뒤에 이정李禎에게서 다른 본을 얻자 학자들과 공유하고 싶은 마음에 교서관 제조 송세형에게 간행할 것을 아뢰어 마침내 목활자로 이 책을 간행하였던 것이다. 그 시기는 서문을 지은 명종 7년(1552) 11월 또는 그 직후가 아닌가 한다.

《시법원류》의 개략과 수록 내용에 대해 이향배는 〈시법원류체의성삼자주해고〉(《한문학논집》 15집, 근역한문학회, 1997)에서 이렇게 말하고 있다.

> 윤춘년은 시의 근원을 격양가에서 시작하여 남풍가를 거쳐 《시경》의 시에 이른다고 보고 《시경》의 시체를 시도의 큰 근원으로 삼고 있다. 즉 시를 짓는 사람은 풍아송風雅頌을 경으로 삼고 부비흥賦比興을 위로 삼아야 한다고 하였다. 그래서 저자는 먼저 《시경》의 시체를 가슴에서 정한 뒤에 시를 지어야 한다고 강조하였다. (중략) 〈시법정론〉은 《시경》의 육의六義 중 풍아송과 부비흥을 정법으로 삼아 체의성의 입장에서 시대별 또는 작가별로 분석하고 평한 것이다. 〈시법가수〉는 〈시법정론〉의 이론을 가지고 제가들의 특징을 서술하였다. 〈시해〉는 〈시법정론〉의 이론을 토대로 작품을 분석한 것이다.

윤춘년의 〈시법원류체의성삼자주해〉는 한, 당의 여러 체시에 대해 음률적인 면을 연구한 것이다. 이 주해는 윤춘년 자신이 '파평坡平 윤춘년저'라고 한 것 같이 그의 독립적인 저술이다. 저술 동기는 "지금의 정종正宗과 정음正音은 옛 사람이 말한 것이 아니다"라며 그 해결책을 제시하고 있는 서문을 통해서 알 수 있다.

> 그러나 세상에는 정종과 정음의 묘함을 아는 사람이 없기 때문에 이것을 어떻게 배우고 들을 수 있을 것인가? 그래서 나는 시대는 옛날과 지금이 있지만 마음은 옛날과 지금이 없고, 땅은 그곳(중국)과 이곳(우리나라)이 있지만 사람은 그곳과 이곳이 없다고 혼자서 탄식하게 되었다. 그렇다면 우리나라가 어찌 중국과 다르며, 요즘 사람이 어찌 옛날 사람에게 미치지 못하겠는가? 비록 스승이 서로 전한 것이 없다고 하더라도 또한 서적에서도 찾을 수 있는 것이다. 그래서 옛 사람들이 시를 논한 것을 외우며 생각하기를 오랫동안 하였더니 시가詩家에서 말하는 정종에는 세 가지가 있는데 그것은 체體와 의意, 그리고 성聲이라는 것을 깨달았다.

윤춘년이 〈시법원류체의성삼자주해〉를 저술하여 《시법원류》에 편입시킨 이유는 자신이 오랫동안 고민하던 정종이 체 · 의 · 성에 있다는 사실을 깨달았기 때문이었다. 체 · 의 · 성에 대해 쉽게 풀이하는 글을 써서 이를 보는 사람들이 시를 짓거나 이해하는데 도움을 주고자 한 것이다.

비록 일곱 장에 불과한 짧은 분량이지만, 먼저 체 · 의 · 성에 대해 간략히 설명한 다음 '혹문或問'과 같이 묻고 이에 '왈曰'로 답하는 형식으로 그 내용을 전개하고 있다. 개략적인 내용을 살펴보면 '체'는 시의 문체와 표현기교적인 면을, '의'는 작품의 내용적인 면을, '성'은 5음 12율을 통한 그 작품의 음율을 말한다. 이 세 가지를 모두 제대로 갖추어야 시의 정종이

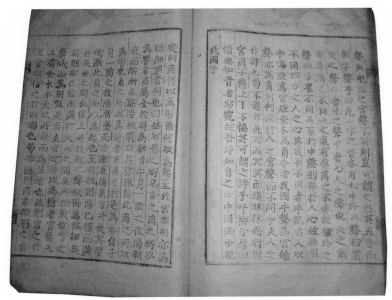

〈시법원류체의성삼자주해〉 중에서

될 수 있다는 것이다.

《시법원류》는 이 책과 같은 목활자본 외에 목판본도 전하고 있다. 《시법원류》가 몇 년 만에 목활자와 목판으로 거듭 간행된 이유는 무엇일까? 이를 알기 위해서는 당시 그가 정정하여 간행을 도운 《전등신화구해剪燈新話句解》의 발문을 살펴볼 필요가 있다. 발문을 쓴 임기林芑는,

> 정미년(1547) 가을에 예부영사인 송분이 나에게 주석을 부탁하였다. (중략)
> 드디어 바르게 교정한 뒤 송분에게 (기술자를) 모집하여 간행하도록 맡겼다. (중략) 그러나 송분이 목판에 새길 수 없게 되자 목활자를 모아 인쇄하였는데, 글자가 어그러지고 빠진 것이 많아 보는 사람들이 흠으로 여겼다. 이번에 창주(윤춘년)

께서 이조판서로 교서관 제조를 겸직하게 되자 교서관의 직원인 윤계연이 목판
에 새겨 널리 전하고자 청하였다. (이에) 내가 다시 번거로운 것을 줄여 간략히
만들어 구해를 만들었고, 정정은 창주께서 실제로 하였다. 그래서 주석하게 된
대강을 모아 그 경위를 적어둔다. 송분이 책을 인쇄한 것은 기유년(1549)에 마쳤
고, 윤계연이 목판을 구입해 새긴 것은 기미년(1559)에 끝났다.

위의 글에서 보듯이 목활자본을 간행한 뒤 다시 목판본을 간행한 이유
는 목활자본이 글자가 많이 어그러지고 빠져서 보는 사람들이 이를 불편
하게 여겼기 때문이다. 또 목활자본을 먼저 간행한 것은 목판에 새기는 것
보다 예산과 공력이 덜 필요해서 훨씬 쉬웠기 때문에 급한 대로 먼저 만들
었던 것이다. 송분宋賁이 《전등신화구해》를 목활자로 인출한 해는 1549년,
《시법원류》가 목활자로 인출된 해는 1552년이다. 3년의 차이가 있기는 하

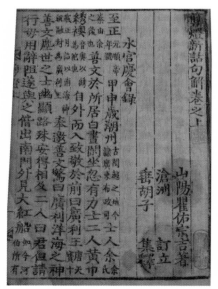

《전등신화구해》 권수제면

지만 《시법원류》 역시 목활자와 목판
으로 거듭 간행된 것은 먼저 인출한 목
활자본의 인쇄 상태가 좋지 못했기 때
문이었다.

안대회의 연구(《윤춘년과 시화문학》, 서
울, 소명, 2001)에 따르면 이 책은 "비평
사와 출판문화사에서 중요한 의미를
지닌다며 우리나라뿐 아니라 일본에
서도 널리 이용되었는데 1555년에 금
속활자(을해자)로 간행한 《목천금어木天
禁語》에 함께 덧붙여 간행되었다"고
한다.

신분을 뛰어넘어 누구와도 교유했던 출판인

서적 간행을 위해 교류한 사람들을 통해서 살펴본 윤춘년의 인물됨은 어떨까? 그는 자신과 취향이 같고 인정할 만한 능력이 있는 사람이라면 상대방의 신분을 가리지 않고 교유했다. 윤춘년은 1564년 2월에 쓴《전등신화구해》발문에서 구해를 한 임기와 직접 글씨를 써서 목판에 새긴 윤계연에 대해 이렇게 말하였다.

> 임기는 널리 사물을 보고 들어 기억을 잘하였으나 세상에 쓰이지 못하여 (그능력을) 펼 수가 없었다. 드디어 이 책을 주해하면서 어두운 곳을 다 찾아내어 빠뜨린 곳이 거의 없었다. (중략) 운각芸閣의 창준唱準인 윤계연은 글씨를 써서 판목에 새겨 세상에 널리 전하였으니 부지런하다고 하겠다. (중략) 임기의 주석과 윤계연의 판각은 가상히 여길 일이다.

임기는《전등신화》를 쉽게 풀이할 정도로 폭넓은 학식을 가지고 있었지만, 외교문서를 처리하는 이문학관吏文學官이라는 낮은 지위에 있었다. 게다가《한고관외사寒皐觀外史》에 따르면 그는 서얼이었다고 한다. 다만 충신 집안이라는 배경을 가지고 있을 뿐이었다.《순암선생문집順菴先生文集》은 임기에 대해 이렇게 전하고 있다.

> 임기는 턱 밑에 늘어진 살이 있어 스스로 호를 수호자垂胡子(턱 밑에 살이 늘어진 사람이라는 뜻)라고 하였다. 병자년(1456) 사육신 중 한 사람인 이개李塏의 외손으로서, 드러내놓고 벼슬할 수가 없었으므로 학관을 했다고 한다.

사육신의 외손이기는 했지만, 임기는 그 당시에 드러내놓고 벼슬할 처지가 아닌 사람에 불과했다. 이에 반해 윤춘년은 당대 최고의 실력자였다. 그는 두 사람의 신분 차이를 개의치 않고 능력 있는 임기를 이해하고 수용하여 《전등신화》를 주석하게 한 것이다.

물론 이를 다르게 생각해 볼 수도 있다. 윤춘년은 김시습을 우리나라의 공자로 추앙하였던 사람이다. 전하는 말로는 뒷일이 무서워 아무도 접근하지 못했던 형장에서 생육신 김시습이 사육신의 시체를 수습하여 노량진에 임시로 묻어 주었다고 한다. 김시습과 사육신의 이런 관계를 본다면, 윤춘년이 사육신의 한 사람인 이개의 후손을 아끼는 일은 어쩌면 자연스런 모습이라고 할 수도 있겠다. 그러나 이러한 인연은 그저 배경으로만 생각해 볼 뿐이다.

판각을 담당한 윤계연은 직위가 창준이었다. 창준이란 교서관에서 서적을 간행하던 일을 담당하는 사람이다. 교정을 담당하기도 했지만, 상관을 위해 처음 활자를 찾을 때 '하늘 천' 하듯이 활자의 음훈을 외치던 자가 아닌가. 물론 그가 인쇄에 관한 다양한 능력을 갖추어 자신이 글씨를 쓰고 또 직접 새기기도 했다고는 하나, 신분은 그저 교서관의 잡직에 기용된 사람에 불과했다. 그런데도 교서관 제조인 윤춘년이 창준인 사람의 의견을 수용하고 격려하여 일을 완수하고 있는 것이다. 윤춘년은 신분을 중심으로 한 봉건사회에서 신분이 아닌 취향과 능력에 따라 함께 일을 추진하는 등 당시로서는 상당히 파격적인 면모를 보여주었던 것이다.

그가 간행을 주도한 서적들은 김시습의 시문과 《금오신화》, 《금오신화》의 바탕이 되었던 《전등신화》의 구해, 《시법원류》, 《시가일지詩家一指》, 《문전文筌》, 《문단文斷》, 《목천금어》 등 시문평류, 그리고 《의가필용醫家必用》과 같은 의학서적 등이었다. 《시법원류》에는 〈시법원류체의성삼자주해〉와 같은 그의 저작도 함께 수록되어 있기는 하지만, 김시습의 저작을 제외하고는 모두 중국 서적을 간행하고 있다는 점도 눈여겨 볼 일이다. 그가 주도하여 간행한 책들은 대체로 정부 기관인 교서관을 통해 인쇄하였다.

그가 서적 출판인으로서 지녔던 정체성은 무엇일까? 그는 당대 문인들 중 가장 폭넓은 지식을 가진 사람이었다. 그런 자신이 잘 이해하고 수용할 수 있었던 중국의 시문평 관련 서적을 보급하여 우리나라 학자들의 시 짓는 수준을 향상시키고자 했던 것이다.

그는 서적의 원활한 유통을 위해 책을 매매할 수 있는 서사書肆, 곧 오늘날의 서점을 설치할 것을 요구하기도 했다. 하지만 그 옛날 양성지梁誠之(1415~1482)가 서점 설치를 주장했을 때 신료들이 보였던 반응처럼, 당시 신료들 역시 윤춘년의 건의를 그저 잘난 체하는 사람의 행동으로만 보았을 뿐이다. 나라에서 서점을 설치하여 서적을 교류할 수 있는 길을 열어야 한다는 그의 주장에, 정보의 공유라는 거창한 수식어를 붙일 수는 없더라도, 서적을 교류하며 독자들의 요구를 파악해 필요한 책을 간행하려는 의지가 담겨 있었던 것은 분명하다.

윤춘년은 다양한 사상과 학문을 수용할 수 있었던 사람으로 시의 음률을 아는 저술가였고, 출판인이었다. 그리고 신분을 뛰어넘는 인간적 교유를 통해 자신이 추구하는 바를 얻었던 인물이었다. 《시법원류》 역시 자신이 사본을 구하고, 자신의 저술을 포함시켜 교서관에 간행을 의뢰하여 마침내 결실을 보게 된 것이다. 부록으로 실린 저작 〈시법원류체의성삼자주해〉는 우리나라에는 거의 전하지 않는 시문평류의 걸작이라는 평가를 받고 있다.

高惠傳中簡孝忠生

扶植三綱　徐氏居家十訓

三綱者君臣之綱父子之綱夫婦之綱如

綱之有綱綱舉然後目張未有綱不舉而目

也是故綱在於不舉故目不張而目不舉如

子不得自專綱之在於父故父在於父故父在

者之綱則日用酬酢萬幾之間事無不舉而為人

之道盡矣傳曰三綱者守之

博敘五倫

이름난 효자가 남긴 가훈 10조

절효공거가십훈 節孝公居家十訓

이름난 효자가 남긴
가훈 10조

《절효공거가십훈》

가훈은 집안의 규율이며 질서이
다. 그래서 가훈을 배우며 성장한
사람들은 예의와 화목을 더 갖추게
되는 것이다. 과거 명문가에서는
훌륭한 후손을 양성하기 위해 몇
자에서 수십 자에 이르는 가훈을
전승하였다.

가훈을 체계적으로 엮어 후세에
전하고 있는 책들 중 하나가 바로
이 책이다. 고려 고종 때의 학자이
자 시중侍中 벼슬을 역임했던 효자
서능徐稜이 후손들을 위해 만든 가
훈 열 가지를 엮어 놓은 것으로, 정
식서명은 《고려시중절효선생서공
거가십훈高麗侍中節孝先生徐公居家十訓》이다.

사서삼경을 기본으로 만든 가훈 10조

서능의 자는 대방大方, 호는 모암慕巖, 시호는 절효節孝이다. 절효라는 시
호는 절개를 지키고 지극한 효도를 한 일에서 연유한 것으로 보인다. 이천

서씨의 10세손으로 장성군에 봉해지면서 장성 서씨의 시조가 되었다. 그러나 그의 후손 중에서 이천 서씨의 절효공파로 남은 계보도 있다고 한다. 《고려사》와 《삼강행실도》 등에 그의 효행에 관한 사실이 전하고 있어 효자로는 이름이 잘 알려져 있으나, 시중을 역임하였다는 정치적 활동이나 다른 행적은 전하지 않는다. 그런데 그가 예제禮制를 중심으로 만든 가훈 10조가 집안에 전해졌고, 후일 이 가훈과 효순孝順 사실, 그리고 효순 사실을 담은 판화를 함께 엮어 간행한 것이 바로 이 책이다.

먼저 가훈 열 가지를 보자. 첫째는 '삼강을 바로 세울 것[扶植三綱]' 이다. 삼강이란 군위신강君爲臣綱, 부위자강父爲子綱, 부위부강夫爲婦綱으로, 사람이 살아가면서 지켜야 할 떳떳한 도리인 세 가지 강목이다. 저자는 옛말을 들어 이것을 '우주의 대들보' 라고 하였다.

둘째는 '오륜을 힘써 펼 것[惇敍五倫]' 이다. 오륜이란 실천의 기본이 되는

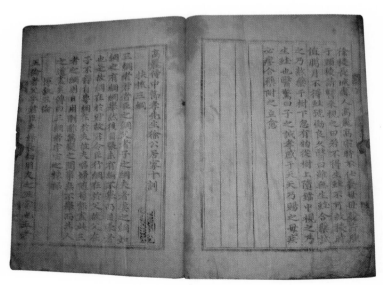

《절효공거가십훈》의 권수제면

다섯 가지 인륜으로 군신유의君臣有義, 부자유친父子有親, 부부유별夫婦有別, 장유유서長幼有序, 붕우유신朋友有信을 말한다. 저자는 오륜을 알지 못하면 짐승과 같으며 이를 실천해야만 사람이라고 하였다. 순舜임금의 신하로 있었던 고요皐陶가 순임금에게 "(하늘에는 질서를 지키는 상법이 있으니) 우리에게 오륜을 지키도록 하였습니다. 오륜을 두터이 하셔야 됩니다勅我五典, 五惇哉"라고 했다는 《서경》의 글을 들어 오륜의 가치를 강조하고 있다.

셋째는 '너그럽게 아랫사람을 대할 것寬以御下'이다. 내가 부리는 아랫사람이라고 해서 도리로 대하지 않으면 배반과 반역의 싹이 튼다. 이것은 상하 간 서로 친한 정이 없기 때문이니 반드시 너그럽게 대할 것을 요구하면서 "너그러우면 민심을 얻게 된다寬則得衆"는 《논어》의 문구도 함께 소개하고 있다.

넷째는 '예로써 윗사람을 섬길 것禮以事上'이다. 《중용》에서 "(윗자리에 있어도 교만하지 않고) 아랫사람이 되어서는 배반하지 않는다爲下不倍"고 한 성인의 도를 들어 마무리하였다.

다섯째는 '상을 당해서는 슬픔을 다할 것臨喪致哀'이다. 열 가지 가훈 중에서 이 조목에 대해 가장 많은 설명을 적고 있다. "상례는 형식적으로 잘 하기보다 차라리 슬퍼하는 마음이 가득해야 한다喪與其易也寧戚"는 《논어》의 말도 함께 소개했다. 아이들에게 항상 상례에는 신중하고 삼갈 것을 주문하면서 끝을 맺고 있다.

여섯째는 '제사를 지낼 때는 공경을 다할 것當祭致敬'이다. "정성스럽게 장례를 치르고 제사를 지내 조상을 추모하면 백성들의 마음이 점점 후덕하게 될 것이다曾子曰, 愼終追遠, 民德歸厚矣"는 증자의 말을 《논어》에서 옮겨 소개하고 있다.

일곱째는 '마음은 공정히 대할 것持心以公'이다. "마음이 공정하고 이치

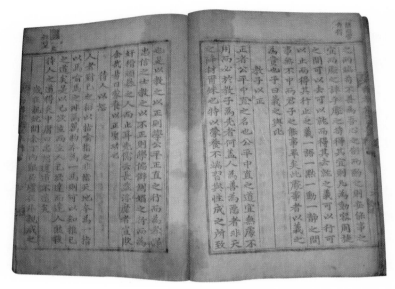

《절효공거가십훈》중에서 〈교자이정〉

를 터득하여 인이 멀지 않게 될 것이다[心公理得, 而仁不遠也]"라는 《맹자》의 말로 강조하고 있다.

여덟째는 '일은 올바르게 처리할 것[處事以義]'이다. 공자가 말한 "오직 의를 따른다[義之與比]"는 말을 《논어》에서 인용해 두었다.

아홉째는 '자식은 바르게 교육시킬 것[教子以正]'이다. "어렸을 때 올바른 것을 기르는 것이 성인의 공부다[蒙以養正聖功也]"라는 《주역》의 말을 함께 소개하고 있다.

마지막 열 번째는 '용서하는 마음으로 남을 대할 것[待人以恕]'이다. "충(내 마음을 다하는 것)과 서(남을 이해하고 배려하는 것)는 도와 멀리 떨어져 있지 않다[忠恕, 違道不遠矣]"는 《중용》의 말로 설명하고 있다. 이 말에는 자기에게 달갑게 여겨지지 않는 일은 남에게도 행하지 말아야 한다는 의미도 포함되어 있다. "남에게 대접을 받고자 하는 대로 너희도 남을 대접하라"는 기독교의 황금률보다는 소극적이지만, "네가 싫어하는 일은 아무에게도 행하지 말라"는 토비트서書의 가르침과는 상통한다고 하겠다.

그가 후손들에게 남긴 십훈은 사서삼경을 기본으로 만든 것으로 다분히 유교적인 성격이 강조되어 있지만, 오늘날 어느 가정에서나 가훈으로 삼아도 될 만한 내용을 담고 있다.

서능의 비명을 지은 박순朴淳은 "공이 지은 《거가십훈》은 실로 《여씨향약呂氏鄕約》보다 도움이 된다"고 하였다. 선생의 6세손인 서원절은 이 가훈의 의의를 이렇게 말한다.

> 십훈의 문구는 몇 구에 지나지 않는다. 그러나 천하의 이치를 다하였고, 나라를 다스리고 천하를 평정하는 도리를 포함하고 있다. 그러므로 실로 나라에 지극히 중요한 것이니 어찌 집안사람의 가르침으로만 그치겠는가?

서능이 살아 있는 개구리를 얻다

서능의 11세손인 서신이 집안에 소장되어 전하던 십훈을 처음으로 꺼내어 세상에 알렸다고 한다. 그렇다면 이 십훈은 언제 만들어진 것일까? 서능은 이렇게 말하고 있다.

> 용사간龍蛇間에 내가 오두막집을 지어 외지에 살 때 친척 아이들이 많이 와서 나에게 배웠는데, 그 중에서 나이 어린 아이들이 예법과 제도를 너무 몰라 이 글을 지어 가르쳤던 것이다.

용사간이란 임진년과 계사년 사이를 말하는데, 그가 고려 고종高宗(재위 1213~1259) 때의 인물임을 고려하면 1232년과 이듬해가 이에 해당한다. 그러니까 십훈은 1232년부터 1233년 사이에 지은 것이다.

서능은 왜 당시 고향 장성을 떠나 외지에서 곤궁하게 살아야 했을까? 그 외지는 과연 어디였을까? 궁금증이 꼬리를 물고 일어난다.

원나라의 침입과 내정 간섭으로 자주성을 잃어가던 고려는 투쟁을 결의하고 장기 항전을 위해 강화로 천도하는데, 이 해가 바로 1232년 6월이었다. 당시 고려의 문신 관료였던 그도 가까운 친척을 대동하고 강화로 이주하게 된다. 그러니 그가 말한 외지는 바로 강화도였던 것이다.

서능이 그 당시 강화에서 노년을 보내고 있던 이규보李奎報(1168~1241)와 교유했다는 기록이 《동국이상국집東國李相國集》에 전하고 있어 이러한 사실을 입증해 주고 있다. 서능이 성균관에 벼슬하고 있을 때 이규보와 함께

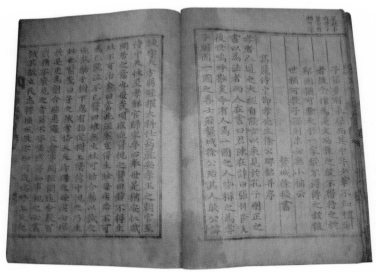

《십훈》을 짓게 된 이유를 밝힌 서능의 글

어울린 사실이 《동국이상국전집》(제12권 고율시)에 남아 있는데 그 내용은 이렇다.

이규보가 한번은 길덕재吉德才의 집에서 열린 잔치에 서능과 함께 참석했는데, 기녀가 꽃가지 하나씩을 올렸다. 당시 연회에서는 꽃가지를 받으면 머리에 꽂고 즐기는 것이었다. 그런데 이규보가 받은 것은 잎만 있고 꽃이 없어 머리에 꽂지 않고, 입으로 시 일절一絶을 불러 희롱하자 분위기가 서먹해져 버렸다. 그러자 서능이 그 기녀에게 춤을 추어 꽃을 잘못 올린 죄를 갚고 잘못을 시로 답하라고 하여 잔치가 재미있게 끝나게 되었다. 다음 날 술이 깬 이규보는 자신의 주책없는 말과 경박한 행동을 잘 마무리해 줘 감사하다는 시를 그에게 보낸다.

꽃가지와 미인 서로 아름다워라	花枝人面嬌相媚
하얀 팔로 바치는데 고운 살결 슬쩍 나오고	素腕獻來微露玉
봄바람이 들어오니 향내도 따라오는데	春風入座香撲撲
나는 가지 하나 받고 말없이 웃었으니	一枝到我先盧胡
붉은 꽃은 보이지 않고 짙푸른 잎뿐이네	不見深紅空釀綠
주책없는 말을 갑자기 내뱉으니 모두가 놀라고	狂言忽發衆皆驚
가벼운 행동에 오히려 사람들이 책망하였으나	薄行猶存人亦誚
일 좋아하는 그대가 눈썹을 지켜 올리더니	感君好事爲揚眉
함께 자리한 미인을 가리키며	指麾筵中紅頰兒
너울너울 춤을 추며 나에게 가게 하여	遣作蹁躚回雪舞
내가 경박하게 조롱한 시에 답하게 했네	償我輕薄嘲花詩

내 단지 안의 술이 익기를 기다려 　　待我甕頭芳酒熟

그대를 초청하고 또 미인도 부르리라 　　邀君更喚鳾鬟翠

　이규보가 옛날의 곡조로 된 위의 장편을 서능에게 보내고, 서능 또한 화답시를 보내자 이규보는 훌륭한 화답이라며 감탄의 글까지 남기고 있다. 그런데 《동국이상국집》에는 서능의 이름이 '徐稜'이 아니라 '徐陵'으로 되어 있다. 《동국이상국집》이 개인 문집이라는 점과 고려 시대의 한자 이름은 유사한 글자로 통용하는 사례가 제법 보이므로 동일인으로 보아도 좋겠다.

　이렇게 서능은 권신들과 함께 강화에 들어간 1232년 겨울 《거가십훈》을 지었던 것이다. 이후에도 강화에서 이규보 등과 교유하며 지내다가 몇 년 뒤에 어머니를 봉양하기 위해 고향인 장성에 돌아간 것으로 보인다. 《고려사절요高麗史節要》에 전하는 서능의 효행이 고종 33년(1246) 12월에 있었던 일인 것으로 보아 그의 귀향 시기는 1246년 이전이었음을 알 수 있다. 개경환도開京還都 훨씬 전의 일이다.

　책을 펼치면 개구리가 나무 위에서 약탕 솥으로 떨어지는 판화, 감천도感天圖가 있다.

　서능의 효행 사실을 그림으로 나타낸 것이다. 《고려사》에서는 그의 효행을 소개하면서 같은 현

〈감천도〉

사람인 대장군 서희徐曦가 매번 이 일을 말하면서 반드시 눈물을 흘렸다는 사실도 함께 전하고 있다. 《고려사》를 통해 그의 효행을 알아보자.

> 서능은 장성현 사람이다. 어머니가 목에 종기가 났는데 의원이 살아 있는 개구리를 얻지 못하면 고치기 어렵다고 하였다. 이에 그는 추운 겨울에 살아 있는 개구리를 구할 수 없으니 어머니의 병은 고치지 못하겠다며 울었다. 의사가 비록 살아 있는 개구리는 없으나 우선 약을 지어 보자 하여 약을 달이는데 무엇인가 약탕 솥 안으로 떨어졌다. 바로 살아 있는 개구리였다. 의사는 그대의 효성이 하늘을 감동시켰으니 어머니는 반드시 살 것이라 하였다. 이에 약을 지어 붙이니 과연 나았다.

이 책의 첫머리에도 이런 내용이 들어 있고, 권별權鼈이 지은 《해동잡록海東雜錄》 효자편에도 이와 비슷한 내용이 있다.

> 장성 사람이다. 고종 때 어머니를 봉양하기 위해 벼슬하지 않았다. 어머니가 목에 종기를 앓자 겨울에 살아 있는 개구리를 얻어 약에 섞어 붙이니 병이 바로 나았다. 어머니가 목에 종기가 났을 때 의사가 만약 살아 있는 개구리가 없으면 고칠 수 없다고 하였다. 때는 겨울이라 개구리를 얻지 못하자 서능은 오랫동안 통곡하였다. 곧 나무 아래에서 약을 달이는데 갑자기 나무 위에서 약탕 솥 안으로 떨어지는 물건이 있었다. 바로 살아 있는 개구리였다.

그의 효행은 조선 시대에 와서도 여전히 칭송받고 있었다. 《세종실록》 〈지리지〉의 전라도 나주목 장성현의 영이靈異에 이 이야기가 소개되어 있는 것이다. 세종 13년(1421)에 간행한 《삼강행실도》에서는 고려 시대 효자 7명

중 두 번째로 소개되어 있는데, 제목은 '서능이 개구리를 얻다[徐稜得蛙]'이다.

서능은 장성 사람이다. 숨어 살면서 어머니를 봉양하였는데, 어머니가 일찍이 목에 종기가 나서 매우 위험하였다. 서능이 의사에게 왕진을 청하니 의사는 반드시 살아 있는 개구리를 함께 넣어 약을 조제해야 고칠 수 있다고 하였다. 서능은 지금이 섣달인데 어떻게 살아 있는 개구리를 얻겠는가. 어머니의 병환은 거의 어떻게 할 수 없을 뿐이라며 오랫동안 소리 내어 울었다. 의사가 살아 있는 개구리는 없지만 우선 약을 지어서 치료를 시도해 보자고 하였다. 그래서 나무 아래에서 약을 달이는데 갑자기 나무 위에서 무엇인가 솥 안으로 떨어졌다. 바로 살아 있는 개구리였다. 의사는 놀라며 그대의 효성이 하늘을 감동시켜 내려 주었으니 어머니의 병은 꼭 나을 것이라고 말하였다. 드디어 약을 조제하여 종기에 붙이니 과연 바로 나았다.

이어 그의 지극한 효성을 시로 찬양하고 있다.

어머니가 특이한 종기를 앓던 그날	慈親當日患奇瘡
의사는 살아 있는 개구리가 약으로는 최고라 하고	醫導生蛙藥最良
섣달이라 어떻게 얻을까 통곡하는데	痛哭臘天安所得
갑자기 나무 가지 위에서 약탕 솥에 떨어지네	忽從枝上墜熬鐺
지극한 효성이 저 하늘을 감동시키니	致孝誠深格彼蒼
예부터 감응의 신묘함은 헤아리기 어려워라	由來感應妙難量
옆 사람도 함께 감탄한 하늘의 은혜지만	旁人共嘆皇天賜
약 붙인 뒤 그 효험에 다시 놀라겠네	傅藥還驚效異常

효행 이외의 다른 행적은 알 수가 없어

고려의 역사서와 조선의 지리지 등에 전하는 그의 효행을 한마디로 말하면 지극하고 진실한 효심이 하늘을 감응시켰다는 내용이다. 권문해權文海(1534~1591)가 지은 《대동운부군옥大東韻府群玉》에도 살아 있는 개구리를 얻게 된 연유는 밝히지 않았지만 효자 서능의 이야기가 소개되어 있다.

이 이야기의 전승 과정을 살펴보니 살아 있는 개구리가 청개구리로, 또 살아 있는 청개구리로 진화되고 있다. 구하기 어려운 것을 얻어 어머니를 봉양한 효심을 강조하다 보니 그렇게 된 것으로 보인다.

동아일보 1940년 5월 4일자 야담 코너를 보니 '효자 서능과 생와生蛙'라는 제목과 '엄동에 개고리 얻어 모병母病 고쳐'라는 작은 제목의 글에서 "어머니는 병후에도 오래 살다가 90장수로 천수를 마치었다"고 적혀 있다. 병을 고친 것에서 끝나지 않고 장수한 내용까지 보태고 있는 것이다. 어디에서 근거한 것인지는 알 수 없으나 둘 다 싫지 않은 진화요, 첨언이다.

서능은 부모에게는 효도로, 자손들에게는 예의교육으로, 동료와의 교유에서는 재치 있는 유순한 행동으로 찬탄을 받고 있으니 어디 하나 나무랄데 없는 훌륭한 인물이라고 하겠다. 다만 한 가지 아쉬운 것은, 서능의 비명을 지은 박순이 말했듯이, 역사서에서는 서능의 효행 사실만 전할 뿐 그의 학문에 관한 내용은 찾을 수 없다는 점이다.

이 책을 간행한 시기는 임진왜란 후로 판단되며 같은 판본이 국내에는 전하지 않는 것 같다. 다만 비슷한 내용을 수록한 책들이 후손들에 의해 간행되어 전한다. 대표적인 것이 《절효선생거가십훈》으로 판화와 저자의 행적은 이전의 목판으로 인쇄하고, 나머지는 목활자를 사용하여 1919년에 간행한 것이다. 첫머리에 "서능의 본관은 이천인데 장성에서 거주했다[利

〈서능정려비〉 편액과 현재모습

川人居長城'고 밝히고 있고, 서능이 책을 쓰게 된 연유를 설명하는 글의 말
미에서도 "오성에서 거주하던 서능이 쓰다[鰲城居徐稜書]"라고 되어 있는 것
으로 보아 이 책은 이천 서씨 측에서 간행한 것임을 짐작할 수 있다. 버클
리대학 소장본에는 "오성 서능이 쓰다[鰲城徐稜書]"라고 되어 있다.

　서능은 선조 20년(1587)에 건립된 장성의 모암서원慕巖書院과 영조 28년
(1752)에 건립된 무안의 월산사月山祠에 배향되었다. 박순이 비명을 짓고, 백
광훈白光勳이 쓴 묘비는 현재 전라남도 장성군 북일면 작동마을 도로변에
있는데, 1988년 3월 〈서능정려비徐稜旌閭碑〉라는 이름으로 전라남도 유형문
화재 제162호로 지정되었다. 비록 원래의 비문은 모두 마멸되었지만 그의
효행 사실은 이 책을 통해 그 전모를 알 수 있다.

이백 년이 지나 이방인의 손으로 부활하다

한중만록 閒中謾錄

이백 년이 지나
이방인의 손으로 부활하다

영국 문단을 대표하는 여성 작가 마거릿 드래블(Margaret Drabble)이 혜경궁 홍씨惠慶宮洪氏(1735~1815)의 자전적 회고록《한중록閑中錄》을 소재로 삼아 쓴《붉은 왕세자빈(The Red Queen)》(전경자 옮김, 서울, 문학사상, 2005)이 간행되었다.

그녀는 영문판 한중록인《The Memoirs of Lady Hyegyong》을 읽고 감명을 받아 이 책을 쓰게 되었다고 한다. 외국의 저명 작가가 한국의 고전문학을 현대적인 문학작품으로 재탄생시킨 것이라 더 관심을 끈다. 마거릿이 서문에서 이 소설을 쓰게 된 동기에 대해 전경자는 이렇게 옮기고 있다.

> 혜경궁 홍씨의 회고록을 처음 읽었을 때 내게 가장 강하게 와 닿은 것은 인간의 개성을 명징하게 파악하는 왕세자빈의 능력이었다. 그녀는 공간과 시간의 문화를 가로질러 분명하고 직접적으로, 또 개인적으로 내게 말을 걸어왔다. 이 점은 묘사된 사건의 경이적인 요소 자체보다도 나에게는 더욱 기이하게 느껴졌고, 보편론이나 본질론에 대한 모더니즘적인 (그리고 포스트모더니즘적인) 불신에 관하여 나로 하여금 호기심을 갖게 했다.

2005년 독일에서 개최된 '프랑크푸르트 도서전'의 주빈국으로 선정된 한국은 개막공연으로 혜경궁 홍씨의 회갑연인 봉수당진찬奉壽堂進饌을 소재로 한 '책을 위한 진연'을 열었다. 정조가 어머니 혜경궁 홍씨의 회갑연을 끝낸 뒤 바로《한중록》출판기념회를 연다는 내용이었다.

혜경궁 홍씨, 그녀의 한은 무엇이었나?

《한중록》이 이렇게 외국 작가의 뜨거운 관심을 받고, 외국에 알릴만한 대표적인 작품으로 선정된 것은 무슨 이유일까? 남편 사도세자가 아버지 영조에 의해 뒤주에 갇혀 비극적인 죽음을 맞은 이후 여러 미묘한 이유로 불안하게 살아야만 했던 혜경궁 홍씨가 자신의 기구한 삶을 유려한 글 솜씨로 잘 나타냈기 때문일 것이다.

저자가 회갑을 맞던 해에 친정 조카 홍수영洪守榮의 요청으로 처음 한 편을 쓴 이후 10년에 걸쳐 세 편의 글을 더 보태 모두 네 편이 되었다. 처음 쓴 것은 비교적 한가로운 심정에서 쓴 것이고, 나머지 세 편은 손자인 순조가 보도록 쓴 것이다. 그렇기 때문에 전체의 구성이 체계적이지 않고, 내용 또한 자의적이라는 평가를 받기도 한다. 그렇지만 혜경궁 홍씨의 입장에서는 자의적인 글을 쓸 수밖에 없었다. 저자는 가해자인 영조의 며느리이자 피해자인 사도세자의 아내였고, 친정 식구들을 처단한 정조의 어머니였던 것이다. 이런 자신의 억울함을 표현하다 보니 감정을 절제하지 못한 곳도 있는데, 오히려 이것이 이 책의 매력이라는 평가도 있다. 다소간의 이론도 있지만 《계축일기癸丑日記》,《인현왕후전仁顯王后傳》과 함께 3대 궁정 수필로 꼽힌다. 궁정수필이란 궁중에서 벌어진 비밀스런 역사를 회고하거나 자전적인 수법으로 기록한 글을 말한다.

혜경궁 홍씨는 홍봉한洪鳳漢의 딸로 태어났다. 20세 되던 1744년 사도세자와 혼례를 치러 세자빈에 책봉되었고, 사도세자가 죽은 뒤에는 혜빈惠嬪이라는 궁호宮號를 받았다. 혜경惠慶이라는 궁호는 아들인 정조가 즉위하면서 올린 것이다.

《한중록》은 한글로 된 것뿐 아니라 한문으로 된 것과 한글과 한문이 혼

한글 궁체의 《한중만록》

용된 것 등 이본만 20여 종이 전한다고 한다. 버클리대학에는 권수제가 《보장寶藏》인 사본 1책, 표제가 《보장》인 사본 1책, 한문으로 된 사본 《읍혈록泣血錄》 1책, 그리고 서명이 《한중만록閒中謾錄》인 사본 6책본 2종 등 모두 5종이 보관되어 있다.

이 중 6책본 《한중만록》 한 질은 한눈에도 희귀본이라는 걸 알 수 있을 만큼 정성 들여 필사해 놓은 책이다. 정자체 또는 흘림체의 궁체로 심혈을 기울여 만든 것이라 여러 전본들 중 외형적인 측면에서 가장 미려하다. 궁체는 주로 나인들이 궁중에서 사용하고 발전시킨 글씨체이다. 그렇게 본다면 이 책 역시 궁중에서 만들었을 가능성이 아주 높다. 표지에는 《閒中謾錄》이라고 한자로 쓰여 있지만, 한글본이라 표지를 넘기면 《한듕만녹》이라는 한글서명이 나온다.

우리에게 《한중록》으로 알려진 이 책은 《한중만록》, 《읍혈록》 등으로도 전하고 있다. 《한중록》의 한자는 《閑中錄》과 《恨中錄》으로 전한다. 후대 사람들이 옮겨 베끼면서 조금씩 다르게 서명을 붙인 것이다. '피눈물의 기록'이란 뜻의 《읍혈록》은 한문으로 된 책의 서명으로만 사용되고 있다.

'한가하다'는 한閑과 '한스럽다'는 한恨 중 어느 쪽이 맞는지는 원본이 전하지 않아 판단하기 어렵다. 이 책을 한스러운 기록으로 본다면 그 한은

한글 궁체(흘림체)의 《한중만록》 권일

한글 궁체(정자체)의 《한중만록》 권육

남편인 사도세자의 억울한 죽음에 대한 한이 아니라, 친정 식구들이 자신의 아들인 정조에 의해 멸문의 화를 입은 것에 대한 한이었다. 물론 이러한 한은 사도세자의 비극적인 죽음에서 비롯되었다. 그녀는 남편의 죽음에 대해 어떻게 썼을까?

영조가 세자에게 자결을 명하자 세자는 "아바님, 아바님, 잘못하였으니, 이제는 하라 하옵시는

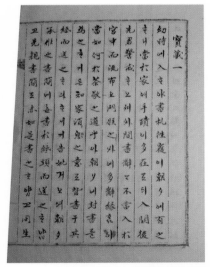

일제시대 필사본 《한중만록》(보장)

대로 하고, 글도 읽고 말씀도 다 들을 것이니, 이리 마소서"라며 "목이 메
도록 빌고, 섬돌에 머리를 부딪기도 했다"고 간단히 적어 두었을 뿐이다.

사도세자의 죽음이 한이 되었다면 이 사실에 대해 보다 구체적으로 적
고 자신의 회한 가득한 마음도 자유롭게 술회해야 하지 않을까? 결국 그녀
는 남편의 죽음 자체에 대한 슬픔과 회한보다는 그의 비극적인 죽음을 자
신과 친정 입장에서 정리할 필요성을 느껴 이 책을 저술한 것으로 보인다.

네가 죽더라도 종묘사직이 보존되니 속히 자결하라

사도세자의 죽음을 보다 구체적으로 담고 있는 기록이 있다. 당시 가주
서假注書이던 이광현李光鉉이 이날의 일을 일기에 남겨 둔 것이다. 《이광현
일기》에 기록된 내용을 통해 영조 38년(1762) 윤5월 13일 창덕궁 휘녕전에
서 일어난 일을 살펴보자.

영조는 세자에게 "만약 네가 자결하면 조선 세자의 이름은 잃지 않을 것이니
너는 속히 자결하라"고 냉혹하게 말하자 세자와 신하 모두들 통곡한다. 세자는
"부자관계는 하늘이 정해준 변치 않은 관계인데 아버지 앞에서 흉한 꼴은 차마
할 수 없다"며 밖에 나가 자결할 수 있도록 허락해 달라고 애원하지만, 영조는
"내가 죽으면 삼백년 종묘사직이 망하지만 너는 죽어도 종묘사직이 오히려 보존
되니 너는 죽어도 된다"고 외친다. 이어 영조는 높이와 넓이가 석자 반쯤 되는 큰
뒤주를 마당에 두고 "빨리 뒤주 안으로 들어가라"고 소리친다. 이에 강관들이 만
류하지만 영조는 이들을 모두 역적이라며 파직시켜 버린다. 아버지 영조의 명령
에 아들 세자는 살려 달라고 눈물을 흘리며 애원하지만 영조는 긴 널빤지와 대

못, 굵은 동아줄로 뒤주를 직접 봉해 버린다. 결국 세자는 8일 뒤인 21일 숨을 거두게 되고 염을 할 때 보니 뒤주 안에는 누가 가져다주었는지 알 수 없는 부채가 있었다.

이날의 일은 낙랑왕이 북국신왕의 아들이라며 자신의 딸과 혼인시킨, 고구려 태무신왕의 아들 호동왕자의 자결을 연상시킨다. 차비次妃의 소생인 호동은 정비正妃의 시샘으로 결국 부왕의 노여움을 받게 된다. 화가 난 부왕이 호동에게 벌을 내리려고 하자 호동은 정비의 악함을 드러내어 왕께 근심을 끼치는 것은 불효라고 여겨 변명도 하지 않고 자결하고 만다.

이러한 행동이 과연 옳은 것일까?《삼국사기》를 저술한 김부식金富軾은 옛날 순임금이 아버지 고수瞽叟의 학대를 견디다 못해 죽임을 당하기 전에 집을 떠남으로써 아버지를 불의한 사람으로 만들지 않았던 고사를 들며 "호동은 작은 일에 집착하여 큰 의리에 어두웠다"고 결론지었다.

그런데 사도세자는 아버지 앞에서 결코 자결하지 않고 차라리 밖에 나가서 죽게 해 달라고 애원하고 있다. 기꺼이 죽기는 하겠으나 아버지의 명령에 따라서가 아니라 스스로 판단해서 하겠다는 것이다. 사도세자 역시 어떤 이유에서든 아버지가 불의한 사람이 되는 것을 원치 않았기 때문에 이렇게 말한 것은 아닐까? 단순하게 이 일기의 내용만으로 본다면 당시 사도세자가 정신병을 앓았다 하더라도 중증은 아니었다고 추정할 수 있겠다.

일기에 기록된 것처럼 사도세자의 죽음은 영조가 자식을 올바로 가르치려다가 생긴 뜻밖의 사건이 아니라, 아들을 반드시 죽이겠다는 그의 의지에서 비롯된 것이었다. 영조가 자기 자식을 원수처럼 대한 데 대해 사학계에서는 '홍봉한과 노론 일당이 관련된 정치적 사건' 또는 '사도세자의 쿠데타설'이 그 원인이라고 보고 있다. 이은순 교수 역시〈한중록에 나타난 사도세자의 사인〉(《이화사학연구》 제3집, 1968)에서 "사도세자의 사인의 올바른 이유는 정치적인 권력과의 연관성을 떠나서 생각하기 어렵다"고 하면서 이를 정치적 사건으로 보고 있다.

아무튼 왕이 자신의 아들인 세자를 직접 죽인 비극은 마거릿 드래블에게 사형이라는 제도를 다시 생각할 수 있는 계기를 마련해 주었다. 그녀가 사도세자의 죽음이라는 모티브를 통해 아직도 사형 제도를 실시하고 있는 서구 문명을 비판할 의도로 《붉은 왕세자빈》을 집필했다고 밝히고 있기 때문이다.

일본 기술자가 포갑하고, 중국 서화가가 서명을 쓰다

한때 김용숙 교수는 버클리 대학에 보관된 《한중록》 중에서 한 종이 진본일 가능성에 대해 논급한 바 있다. 〈한중록고본고〉(《동방학지》 권32, 연세대학교 국학연구원, 1982)에 실린 글을 보자.

> 북 케이스 배서背書에 《한중록언문恨中錄諺文》이라 쓰여 진 책이다. 그 필적은 전 소장자 아사미의 필적으로 (중략) 서지학적으로 보아 제목 없이 《보장》이라 표기된 사실, 북 케이스까지 만들어 보관한 자세.

포갑한 시기에 대해서는 이렇게 적고 있다.

> 다만 케이스가 오리지널인지, 일제 때 전前 소장자의 작作인지 생각해 볼 필요가 있다. 생모시 천으로 보아 이는 향토색이 짙어 일인日人의 솜씨 같지는 않다.

김 교수는 이 책의 포갑은 아사미 이전의 원 한국인 소장자가 하고, 포갑에 붙여 놓은 서명은 아사미가 쓴 것으로 판단했다. 진본 가능성을 판단하는 데 책의 포갑(북 케이스)과 포갑에 붙여 놓은 서명도 하나의 근거가 되고 있는 것이다. 이 책의 포갑을 언제 했느냐가 자료의 가치를 판단하는 데 영향을 줄 수도 있으므로 버클리대학에서 소장 중인 아사미문고 전체의 포갑 경위를 살펴보자.

진본으로 추정한 《한중록》

아사미문고가 버클리대학으로 이관된 해가 1950년이니 이미 반세기도 더 된 일이다. 게다가 포갑은 책 자체에 비해 그리 중요한 문제가 아니라 이 사실을 확인할 자료를 쉽게 찾을 수 없었다. 그러다 동아시아도서관의 초대 관장이던 Elizabeth Huff가 인류학 사진작가 겸 프리랜서로 일하던 Rosemary Levenson과의 대화 형식으로 남긴 자서전《Teacher and Founding Curator of The East Asiaitic Library from Urbana to Berkeley by way of Peking》에서 이 사실을 확인할 수 있었다. 이 책의 〈The Asami Library of Korean Imprints〉 편에서 아사미문고를 버클리대학으로 인수한 후 포갑하게 된 과정을 짤막하게 설명하고 있었던 것이다.

(아사미문고) 책들은 포갑되어 있지 않았어요. 다만 한국 사람들이 장책에 사용하는, 밀랍을 먹인 아름다운 누런색 표지로 장책되어 있을 뿐이었습니다. 우리가 할 수 있는 일은 없었지만 무엇인가를 해야만 했었죠. 그래서 천으로 된 싸개, 일본 사람들이 질帙이라고 부르는 것을 똑같은 색깔로 만들었답니다. 아주 훌륭한 장서가 되었습니다.

포갑에 붙여 놓은 서명에 대해서는 다음과 같이 적고 있다.

서예가인 Ch' ung-ho Frankel씨가 좁고 긴 종이에 모든 책의 서명을 써서 완성했었지요.

Ch' ung-ho Frankel은 1945년 일본이 패망한 후 베이징[北京]대학에서 전통극과 서법을 강의하다가 결혼 후 미국에서 활동한 장충화張充和의 영문 이름이다. 그녀는 미국으로 건너 간 초기 버클리대학 도서관에서 일하다가 1962년 남편이 예일대학교의 동아시아학 전공교수로 가게 되자 이 대학에서 중국 서법을 강의하기도 한 중국계 여류 서화가이다.

버클리대학에는 아사미문고가 아닌 다른 한적漢籍 고서들도 포갑되어 있는데, 여기에서도 아사미문고의 포갑과 관련해서 참고할 내용이 있다. 동아시아도서관 측에서는 중국과 일본의 고서들도 포갑할 필요가 있다고 생각해서 중앙도서관 측과 상의한 후 전통적인 동양의 포갑 형식을 따르기로 결정한다. 그런데 어디에서 관련 기술자를 찾고 어떤 방식으로 하느냐가 문제였다. 이에 관한 내용이 자서전의 〈Various Binding Solutions〉에 소개되어 있다.

분량이 적은 매우 중요한 책이나 이러한 제본이 필요하다고 생각되는 책들을 대상으로 했죠. 그런데 가장 큰 문제는 한적 포갑을 만드는 일이었어요. 우리는 도쿄[東京]에서 포갑 만드는 기술자를 찾을 수 있었죠. 그래서 센티미터로 치수를 재고 서명을 종이에 적어 한 번에 50건씩을 모아 한 꾸러미로 만들어 보냈거든요. 맞지 않는 게 없었어요. 놀랄 만한 일이었습니다.

아사미문고의 한국 고서들도 이렇게 일본에서 포갑한 것으로 보인다. 그러나 맞지 않는 게 없었다는 Huff의 말과는 달리 전질이 여러 책인 큰 포갑의 경우에는 맞지 않는 것도 있었다. 이러한 것은 안쪽에 먼저 'Misfit'라고 표시하고, 책의 부피보다 크게 만들어진 포갑은 안쪽에 두꺼운 종이로 책 모양을 만들어 붙여 포갑 크기에 맞추어 놓았다. 이때 이 작업을 했던 시기도 적어 놓았는데, 두 경우를 보니 모두 1956년이었다.

이와 같이 Elizabeth Huff의 말을 따르면, 아사미문고를 포갑하고 포갑에 서명을 붙인 것은 아사미[淺見]나 미쓰이[三井] 재벌이 한 일이 아니었다. 버클리대학 동아시아도서관에서 이 책들을 입수한 지 6년이 지난 1956년에 일본 기술자의 도움으

《양촌선생집》 포갑의
Misfit 사례 기록

로 포갑한 뒤 중국계 여류 서화가가 서명을 써서 붙인 것이었다. 따라서 아사미문고의 포갑과 포갑에 붙인 서명에 대해서는 큰 비중을 두지 않아도 되겠다.

海印寺藏經　百二十九卷印紙七千七百二十八月

藏經世稱八萬大藏經大凡佛家言多稱八萬四千如
戒亦有八萬四千條也如大報言多稱八萬四千如
也海印寺藏經版俗傳京莊王時所鑄亮郎不經
寺僧別有附記戊申年高麗國人藏的鑄亮郎造經
震定宗三年稅宗三十一年文宗二十七年奉敕雕造
十八年高宗三十五年王世宗二十二年仁宗王三
千年智是甲
起天字重回字各一此自大般若波羅蜜多經六百卷
心一切經音義一百卷統一千五百六十三部六千五
百二十九卷印紙七千七百二十八張又敬勝傳

이슬 먹는 매미와 향기 나는 귤을 사랑한 선귤당

청장관전서 青莊館全書

海印寺藏經

藏經世稱八萬大藏經大凡佛家多稱八萬四十如大
藏經有八萬四千條也舉大數言之未必經卷為八萬
也方有八萬四千條也傳新羅家莊玉時所鋸亰能不經
也海印寺藏經版俗傳新羅國大藏都監奉勅雕造明
成方有八萬四千條
蔵經世稱八萬大藏經大凡佛家多稱八
寺憧別有碑記戊甲年高麗國大藏都監奉勅雕造明
農正八年高宗三十一年壬寅二十二年仁宗王十年吳明高宗
十五年戊戌十五年三年甲戌知何代所造今攷目錄三卷
一百卷

《청장관전서》 제25책

시문과 독자적인 저술을 모은 선현들의 개인 전집은 많지만, 다방면의 연구자들에게 도움을 주는 개인 전집은 그리 많지 않다.

버클리대학에서 소장하고 있는 개인 전집 중에는 여러 분야의 한국학자들로부터 끊임없는 관심을 받고 있는 책이 있다. 바로 《청장관전서》이다. 이 책은 조선 정조 때 실학자였던 이덕무李德懋(1741~1793)의 저술을 모은 것이다.

뛰어난 품행을 지녔던 독서광, 이덕무

'청장관靑莊館'은 그의 호다. 청장은 해오라기 종류의 물새로 먹이를 찾지 않고, 맑고 차가운 연못에 서서 물고기가 앞에 오면 먹는다고 한다. 억지로 구하고 찾는 것이 아니라 주어진 것에 만족하며 즐기는 자신의 성향을 상징한 것이 아닌가 한다.

그의 호는 청장관뿐 아니라 선귤당蟬橘堂, 아정雅亭, 형암炯菴 등이 있다. 선귤당이라는 호를 사용한 것은 그가 매미의 깨끗함과 귤의 향기를 좋아했기 때문이다. 매미와 귤에 대한 자신의 마음을 술회한 시가 《아정유고雅亭遺稿》에 전한다.

깨끗한 매미 향기로운 귤을 본래 마음에 지녔으니　　　潔蟬馨橘素心存
나머지 시끄러운 소리를 나는 이미 잊었노라　　　餘外紛囂我已諼

그는 매미의 깨끗함을 말하고 있으나, 매미는 군자가 갖추어야 할 다섯 가지 덕을 갖추었다고 해서 군자를 상징하는 곤충이기도 하다. 아정이라는 호는 그가 지은 백운시百韻詩의 시권詩卷에 정조가 친필로 '아雅' 자를 썼기 때문에 사용하게 되었다. 이 외에도 몇 개의 호가 더 있기는 하지만 그는 젊은 시절부터 청장이라는 호를 즐겨 사용하였다. 이덕무가 29세 되던 해에 지우들이 책을 팔고 나무를 모아 그가 살던 대사동 집에 바깥채를 짓고 청장서옥青莊書屋이라는 이름을 붙여준 것도 아마 그런 까닭에서였을 것이다.

자는 무관懋官이다. 처음에는 명숙明叔으로 불렸으나 명숙을 자로 쓰는 사람이 많아 그가 28세 되던 해에 고쳤다고 한다. 이덕무가 스스로 밝힌 것처럼 무관이란 자는 "덕이 많은 자에게는 관직을 성대하게 내린다德懋懋官"는 《서경》의 글에서 따온 것이다. 네 글자로 된 이 문장은 앞의 두 자는 덕무, 뒤의 두 자는 무관이다. 그러니 그의 이름과 자는 모두 《서경》에서 연유한 것이다.

어릴 때는 아버지가 그를 직접 가르쳤고, 이후에도 가정에서 열심히 책을 읽어 학문과 예법을 닦았다. 그는 이러한 사실을 항상 겸손하게 표현하

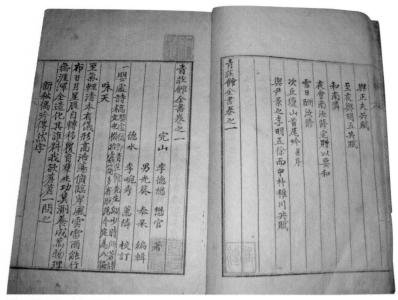

《청장관전서》 권수제면

였다. 《사소절士小節》 서문에서 이덕무는 어릴 때 받은 교육과 자신의 성장
과정에 대해 이렇게 말하고 있다.

> 우리 집안은 순박하다. 아버님께서 나를 가르치면서 회초리로 때리거나 꾸
> 짖지 않으셨다. 개인의 사사로운 기록에 의탁하지 않고, 집안에서 열심히 공부하
> 게 하여 외부의 유혹을 금지시켰을 뿐이었다. 그래서 내가 체질이 약하므로 감히
> 악한 짓을 하지 못하였고, 천성이 옹졸하여 감히 가르침을 어기지 못한 것이지
> 자질이 아름다워 학문에 뜻을 둔 것은 아니었다. 대체로 작은 예절을 살펴서 허
> 물을 적게 하고자 하였다.

박지원朴趾源(1737~1805)의 《연암집燕巖集》에 있는 이덕무의 행장行狀에서는 그의 어린 시절을 이렇게 표현하고 있다.

> 예닐곱 살에 능히 글을 지었고 서적을 좋아했다. 한번은 집안사람들이 그가 어디에 있는지를 잃어버렸는데, 저녁이 되어 대청 벽 뒤의 풀 더미 사이에서 찾았다. 대개 벽에 도배지로 발랐던 고서를 보는 데 빠져 날이 저무는 것을 알지 못했던 것이다.

《아정유고》에 있는 행장에는 위의 글에 이어 다음 글이 더 보태어져 있다.

> 어른이 글을 가르치면 글자의 획과 음의 뜻을 반드시 자세하게 조사하여 찾았고, 마음속에서 이해되지 않으면 문득 글을 마주하고 울었다. 몰래 벽에다 해시계를 그려 놓고 독서할 시간을 정해 놓았다. 비록 아이들과 즐기며 놀다가도 때가 되면 반드시 돌아가서 단정하게 앉아 생각하며 독서하였다.

이덕무 자신의 겸손한 표현과는 달리 그는 어릴 때부터 글자 하나도 분명하게 이해한 뒤에야 다음으로 넘어갔으며, 해시계 그림으로 독서 시간을 따로 표시해 둘 정도로 철저하게 책을 읽었다. 독서는 그에게 생활 그 자체였고, 책은 그의 가장 가까운 지우였다.

어려서부터 성품이 단정하여 사람을 함부로 사귀지 않았으며, 커서는 온갖 서적을 두루 열람하였다. 그래서 남에게 책 빌려 주기를 꺼리던 사람들조차 그에게는 아무리 귀한 서적이라도 기꺼이 빌려 주었고, 심지어는 빌려 달라고 말하기 전에 먼저 빌려 주기까지 했다고 한다. 그에게는 읽은 책을 베끼는 습관이 있었다. 이때도 자획은 반드시 방정方正하게 썼으며,

속자는 결코 쓰지 않았다.

여행을 하는 중이라도 반드시 책과 붓, 그리고 벼루를 가지고 다니면서 기이한 말이나 특이한 소문은 듣는 대로 바로 기록했다. 주막이든 물길을 건너는 배에서든, 장소를 가리지 않고 독서를 계속하였다. 집에서나 나가서나 항상 손에서 책을 놓지 않는 독서광이었던 것이다. 이렇게 평생 읽은 책이 거의 2만 권을 넘었다고 한다.

비록 서파庶派였지만 끊임없이 책을 읽고 문리를 터득하여 드디어 39세 되던 해에는 유득공柳得恭, 박제가朴齊家, 서이수徐理修 등과 함께 최초로 규장각 검서관檢書官이 되었다. 아들 이광규李光葵의 〈선고부군先考府君의 유사遺事〉에는 이덕무가 일생 동안 무엇을 하고자 했는지를 알 수 있는 글이 있다.

내가 어려서부터 글과 저서 보기를 좋아하는데 다행히 글을 숭상하는 시대를 만나 검서가 되었고, 매번 책을 엮을 때면 열고관閱古觀(규장각 서고 중에서 중국책을 둔 곳)에 깊게 감춰 둔 서적을 열람하게 되었으니 할 일을 다한 것이라고 하겠다.

이런 까닭에 그를 책만 보는 독서광으로 보기도 하지만, 그의 여러 성향 중에서 가장 돋보인 것은 바로 품행이었다. 당시 사람들은 이덕무의 인물 됨으로 첫째는 품행, 둘째는 지식, 셋째는 기억력, 넷째는 문예를 꼽았다고 한다. 품행은 정주程朱의 문호를 지켜서 조금도 실수하는 일이 없었고, 문장은 화려함이 아닌 말과 뜻이 잘 통하는 간결함이 있었다고 한다. 《예기 억禮記臆》을 저술할 만큼 《예기》에 대해 관심을 가지고 있었던 것이나 "사군자士君子가 몸가짐과 마음 쓰는 것을 어린아이나 처녀같이 해야 한다"고 말한 것에서도 그의 뛰어난 품행을 짐작할 수 있다.

일상생활에도 일정한 법도가 있어 책상과 책은 항상 제자리에 반듯하게 자리 잡고 있었다. 윤행임尹行恁은 병진년(1796)에 지은《아정유고》서문에서 그의 조용한 성격을 들어 이렇게 말하고 있다.

> 오직 무관만은 행실을 힘써 닦고 문장을 지음에 세속을 벗어나지 않았다고 자부하였고, 얌전하기가 처녀와 같았다. (중략) 무관의 사람됨을 알고자 한다면 어찌 시나 문장을 보아야 하겠는가.

조용하고 얌전한 성격이라 자신을 내세우지도 않았다. 그가 지은 시문을 남들이 보자고 해도 보여주지 않았다고 박지원은 말하고 있다. 이덕무 자신은 이에 대해

> 나의 사사로운 원고는 진귀하지 않다. 한 번 남에게 보이면 사흘 동안 부끄러움이 생긴다. 상자 속에 감추어 두었는데, 스스로 나오는 날이 있을 것이다.

라고 말하였다. 이렇게 그는 분명한 지식과 해박한 견문을 많은 독서를 통해 갖추었으면서도 결코 아는 것을 뽐내지 않는 겸손함까지 지녔던 것이다.

남공철南公轍(1760~1840)은 이덕무의 논변이 예리하고 문장이 구속되지 않았음을 이렇게 표현하고 있다.

> 무관은 사람됨이 깨끗하고 (남들과) 어울리지 않았다. 겉으로는 비록 냉정하고 쓸쓸하였으나 속으로는 기뻐하여 친근할 만하였다. 술이 거나하게 취하면 세상일의 옳고 그름과 인물이 쓸 만한지 아닌지를 논하는데 번갈아 가며 예리하게 말하였다. 그의 뜻에 합당한 사람은 몇 명 되지 못하였다. 문장은 마음이 지혜롭

고 정신은 기교가 있어 집착하거나 속박된 논의를 하지 않았으며, 또한 속되고 상스러운 시문은 짓지 않았다.

그와 일생을 함께한 것은 독서와 가난이었다. 비바람을 가리지 못하는 기울어진 집에서 자주 끼니를 거르면서도 이를 편안하게 받아들이고 "배고프다" 거나 "춥다" 는 말을 결코 하지 않아 식구들마저 이러한 사실을 알지 못했다고 한다.

《이목구심서耳目口心書》에는 그가 25세 되던 겨울에 가난과 추위에 떨면서 책과 함께 밤을 보낸 글이 남아 있다.

> 지난 경진, 신사년(1760~1761) 겨울에 나의 작은 초가는 매우 추워서 입김이 얼어붙어 이불깃에서 얼어붙은 소리가 났다. 나의 게으른 성격으로도 밤중에 일어나서 급히 《한서》 한 질을 이불 위에 물고기 비늘처럼 차례로 이어 덮어 추위를 조금 막았다. 이렇게 하지 않았다면 거의 얼어 죽었을 것이다. 어젯밤에는 집의 서북쪽 모퉁이에서 매서운 바람이 세게 들어와 높게 둔 등불이 몹시 흔들렸다. 한참을 생각하다 《논어》 한 권을 뽑아 세워서 바람을 막고서는 스스로 구제한 수단을 대견스러워했다. 옛사람이 갈대꽃으로 이불을 만들었는데 이것은 기이한 것을 좋아한 것이었다. 또 금과 은으로 상서로운 짐승들을 새겨 병풍을 만드는 사람도 있는데 사치스러워 본받을 것이 없다. 어찌 내가 《한서》로 만든 이불과 《논어》로 만든 병풍만 같겠는가?

당시 그가 이불 위에 덮었다는 《한서》 한 질은 적게는 25책, 많게는 50책이나 된다. 가난한 지식인이었던 그에게 추운 겨울 《한서》 수십 책을 덮은 이불 속에 누워 있는 것은 그저 평범한 일상 중 하나였을 것이다.

교정자 이원수의 소장본이 미국에 전해져

《청장관전서》는 서명 그대로 이덕무의 저술을 모은 것으로 이 책의 바탕이 된 것은 바로 《아정유고》였다. 《아정유고》는 이덕무가 죽은 후 정조의 명으로 아들 이광규가 완성한 것이다. 정조는 이덕무가 죽은 지 3년 뒤인 1796년에 아들 이광규를 검서관으로 특채하고 다음과 같이 명령함으로써 《아정유고》의 완성을 지원했다.

> 지금 운서를 간행한 일을 마치고 생각해보니 죽은 이덕무의 재주와 식견이 아직까지 잊을 수 없구나. (중략) 그들 집안의 재력으로 어떻게 유고를 인쇄하겠는가? 책을 인쇄하도록 오백 냥을 특별히 내려주어라.

《아정유고》의 서문에서는 간행 과정을 이렇게 설명하고 있다.

> 또한 장사를 지낸 지 3년에 내각에서 임금의 명령을 받들어 그가 지은 시문 유고를 아들 광규에게서 찾아다가 인쇄하여 세상에 유통하려고 하였다. 비용은 모두 임금 개인의 돈에서 나왔다. 일찍이 무관과 친구로 지냈던 당시 이름 있는 선비들이 각기 비용을 내어 이 일을 도왔다.

《아정유고》가 간행된 지 10년쯤 지나 그동안 모은 여러 저술들을 모아 합편하게 되었는데, 그것이 바로 《청장관전서》이다. 이 책 역시 이덕무의 아들인 이광규가 편집하고, 교정은 이원수李畹秀(1759~1812)가 맡았다. 버클리대학 소장의 《청장관전서》는 각 책의 권수卷首에 '絅菴', '李畹秀印', '蕙隣氏' 등의 장서인이 찍혀 있고, 책표지에도 '絅菴藏'이라고 적혀 있는 것으로 보아 교정자 이원수의 옛 소장본임을 쉽게 알 수 있다. 이 책을 편집한 저자의 아들 이광규의 소장본도 따로 있었을 것으로 생각되지만 아직까지는 알려진 내용이 없다. 따라서 이 책은 현재 전하는 《청장관전서》 중에서 유일한 정고본인 셈이다.

이 책은 순조 9년(1809) 봄부터 이듬해 여름까지 필사하여 완성한 것이다. 처음에는 모두 71권이었는데 14권이 결본이어서 현재 남은 것은 57권이다. 여기에서 말하는 권수는 서지적인 권수로 요즈음 말하는 책 수와는 다르다. 전체의 책 수는 몇 권씩을 묶어 한 책으로 장책했느냐에 따라 달라진다. 14권이나 되는 결본을 어떻게 장책하였는지는 알 수 없으므로 정확한 책 수는 단정하기 쉽지 않다. 그런데 이 책들의 표지 우측 하단에는 전체의 책 수가 '共二十五'와 같이 25책으로 표시되어 있다. 그

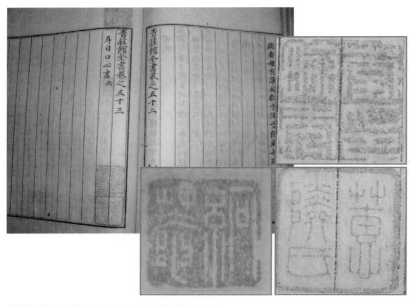

《청장관전서》 권52-53 교정자 이원수의 장서인

러나 이 숫자가 결본을 감추려
한 것인지 아니면 당시 남아 있
는 책 수를 표시한 것인지 정확
히 알 수는 없으나, '共三十二'
를 이렇게 변조해 놓은 것을 쉽
게 알 수 있다. 그렇다면 처음
완성했을 때는 32책이었을 것
이다.

현재 남아 있는 책은 모두 57
권26책이다. 그런데 권23-24(《편
서잡고》권3-4)의 한 책은 다른
책과는 달리 일제시대 때 베껴
놓은 필사본이다. 이 책을 소장

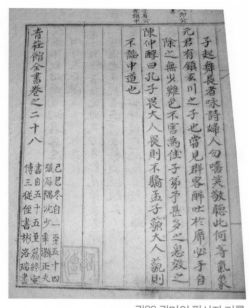

권28 권미의 필사자 기록

하고 있던 아사미[淺見]가 빠진 부분을 발견하고 사람을 시켜 필사하여 보충
한 것으로 보인다.

이 책은 다방면으로 가치가 많아 일찍이 영인 발행되었고 이후에는 국
역본도 간행되어, 지금은 이 책에 대한 관심이 전보다 조금 줄어들기는 했
다. 하지만 이 책이 아직도 학자들의 관심을 끄는 이유는 영인 발행된《청
장관전서》는 그 내용에 오류가 있을 가능성이 높기 때문이다. 이러한 오류
의 배경은 영인 발행된 책의 저본이 버클리대학에 소장된 이 책을 일제시
대에 베낀 것이라는 사실이다.

당시 영인본 해제를 맡았던 원로 사학자 이병도 박사는 "아사미[淺見]씨
소장의 《청장관전서》를 빌려다 복사한 것이 바로 규장각본이 아닐지 억측
한다"고 하였다. 당시 그는 이 책을 직접 본 것이 아니라 아사미문고의 영

규장각 소장의 《청장관전서》

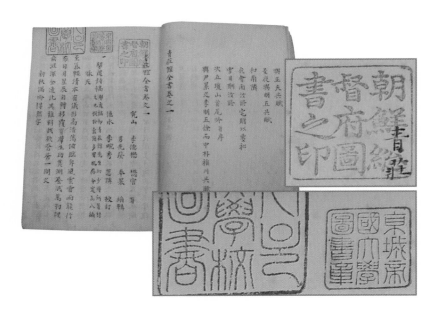

문해제목록만을 보고 이렇게 판단하였는데, 필자가 확인해 보니 그의 추정이 정확하였다. 규장각 소장의 《청장관전서》에는 없으나 버클리대학 소장본에 있는 권23~24는 일제시대 때 베낀 필사본일 것이라고 판단한 것 역시 사실이었다. 이병도 박사의 높은 식견과 예리한 판단에 놀라움을 금치 못했고, 목록의 중요성도 다시 한번 느낄 수 있었다. 다만 일부분을 비교해 보니 규장각 소장의 《청장관전서》는 급하게 베낀 탓인지 내용의 탈락과 인명의 오기 등이 제법 보인다.

연구자라면 누구나 참고해야 할 개인 전집

수록된 저작들은 《영처시고嬰處詩稿》, 《영처문고嬰處文稿》, 《영처잡고嬰處雜稿》, 《예기억》, 《아정유고》, 《편서잡고編書雜稿》, 《기년아람紀年兒覽》, 《사소절》, 《청비록淸脾錄》, 《뇌뇌낙락서磊磊落落書》, 《이목구심서》, 《앙엽기盎葉記》, 《서해여언西海旅言》, 《윤회매십전輪回梅十箋》, 《산해경보山海經補》, 《열상방언洌上方言》, 《천애지기서天涯知己書》, 《선귤당농소蟬橘堂濃笑》, 《병정표丙丁表》, 《청령국지蜻蛉國志》, 《입연기入燕記》, 《한죽당섭필寒竹堂涉筆》》과 부록 등이다. 서명만으로는 무슨 내용을 담고 있는지 알기가 쉽지 않으므로 우리에게 많이 알려진 몇 가지 내용만을 간단히 소개한다.

《영처시고》, 《영처문고》, 《영처잡고》 등은 저자가 소년 시절에 지은 시문들을 모은 것이고, 《예기억》은 《예기》에 나오는 어려운 글자와 의심되는 뜻을 모아 밝힌 것이다. 《기년아람》은 중국뿐 아니라 우리나라의 단군부터 조선까지 역대의 전례나 실례 및 땅의 경계 등을 연대별로 요약한 책으로, 원래 편찬자인 이만운李萬運과 함께 고쳐 펴낸 것이다. 정약용은 《다산

시문집》의《기년아람》 발문에서 서명 중 '아람兒覽'에 대해 이렇게 설명하고 있다.

> 이 책은 나이 든 사람 모두 늘 보아야 하는데, 왜 (서명에서) 아람이라고 하였는가? 이것은 대체로 일찍부터 깨우치게 하고자 한 것이지 이 책이 어린이를 위한다는 것은 아니다.

《사소절》은 일상생활의 예절과 수신에 관한 규범을 기록한 것으로, 작은 예절을 삼가지 않으면 큰 의리를 실천할 수 없다는 생각에서 엮은 것이다.《청비록》은 역대 고금의 명시名詩에 대한 시화서詩話書이다. 천지의 영명한 기운은 옛날과 지금이 다름이 없으므로 빼어난 글귀를 뽑아 나의 창자를 씻는다는 뜻에서 이러한 서명을 붙였다. 유득공은 이 책의 서문에서 이덕무의 시 해설은 "편견과 고집 없이 장점만을 취하여 옛 성현들이 시를 해설한 취지와 통하였으니 시화 중의 일품"이라며 극찬하고 있다.

《이목구심서》는 귀, 눈, 입, 마음이 듣고 보고 말하고 생각한 내용을 모은 것으로 여러 서적에서 뽑은 문장이 대부분이다.《앙엽기》는 작은 백과사전으로 흥미로운 내용이 많다. 옛사람들은 밭에서 일을 하다가 떠오르는 생각이 있으면 감나무 잎에 적어 밭 가운데 묻어 둔 항아리[盉]에 넣어 두었다고 한다.《앙엽기》란 여기에서 유래한 것으로 책을 읽다가 깨달은 내용을 기록하여 모아 두는 것을 말한다. 이덕무는《앙엽기》에 해인사의 《팔만대장경》에 관해 매우 중요한 기록을 남겨 두었다.

> 장경은 세칭《팔만대장경》이라 한다. 무릇 불가에서는 많음을 팔만사천이라 일컫는데, 대계大戒 또한 팔만사천조목이 있다. 큰 수를 들어 말한 것이지 반드

이를 통해 '팔만' 이 경권의 수량과 관계된 것이 아니라 불가에서 말하는 큰 수를 가리키는 것임을 알 수 있다. 흔히 《팔만대장경》이란 경판의 수가 팔만이 되므로 그렇게 부른다고도 하는데, 이것은 후대에 만들어진 이야기로 보인다. 《앙엽기》의 내용은 단지 흥미로운 것에서 그치지 않고 학술적으로도 매우 중요한 내용을 담고 있다.

《윤회매십전》은 종이와 밀랍 등으로 매화를 만드는 일과 이에 관한 시를 적어 놓은 것이다. '윤회매' 란 벌이 화정花精을 채취하여 꿀을 빚고 꿀에서 밀랍이 생기고 이 밀랍이 다시 매화가 되는 것을 일컫는다.

《한죽당섭필》은 그가 함양의 사근역沙斤驛 찰방察訪으로 부임하였을 때 견문을 널리 기록한 것으로, 편지까지 수록되어 있다.

부록은 아들인 이광규가 엮은 이덕무의 연보이다.

이렇게 방대한 양이다보니 필사에도 많은 인원이 필요했다. 조카들은 물론 전생서典牲署(제사에 쓸 짐승을 기르는 일을 맡아보던 관청)에서 행정 실무를 담당하던 서원書員과 창고를 지키며 출납을 맡아보던 고직庫直, 그리고 전설사典設司(의식에 사용하는 장막의 공급을 담당하던 관청)의 서원 등 지인들까지 총동원되었다. 그 중에서 이원수의 삼종질인 선전관 이서빈은 이 책을 필사하는데 가장 헌신적인 노력을 하였다. 기사년(1809)과 경오년(1810)에 걸쳐 완성했는데, 필사할 원고를 미리 분배해 준 탓이지 간지의 차례와 권차의 차례가 맞지 않는 부분도 있다.

이 책에는 다른 책을 베껴 둔 것도 있는데,《탑인절목搨印節目》도 그 중 하나이다. 《앙엽기》의 〈해인사장경〉에는 세조 4년 해인사에서 있었던 《팔만대장경》 50부 인경印經 사실의 전모를 밝힌 《탑인절목》을 수록해 두었다.

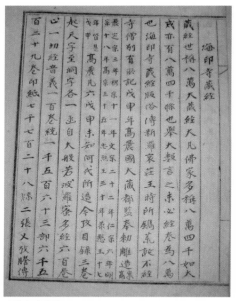

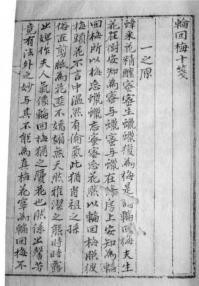

〈해인사장경〉 조   《윤회매십전》

《세조실록》에는 대장경 50부를 인쇄하기 위한 물자 준비 등 당시의 대
장경 인출 사실과 관련된 내용이 수차례 등장한다. 하지만 기록된 내용이
너무 단편적이고 간략해서 그 전모를 살필 수 없었다. 그런데 《청장관전
서》에 수록된 있는 《탑인절목》을 통해 우리나라의 고인쇄출판사상 가장
방대한 작업의 개략을 확인할 수 있게 된 것이다. 대마도에서 수입한 왜 닥
나무를 동래, 고성 등에서 재배하여 우리 지장의 손으로 만든 왜지도 재료
의 혼합 정도에 따라 순왜지純倭紙와 교왜지交倭紙로 나뉘었고, 당시 이 순
왜지와 교왜지로 대장경을 3부나 인출한 사실도 알 수 있다.

만일 이덕무가 《탑인절목》이라는 책을 베껴 전하지 않았더라면 약 800
만 장이 넘는 종이를 사용한 우리나라 최대의 고인쇄 사실은 《팔만대장경》과 함께 역사의 신비로 남아 있을지 모른다. 비록 개인의 저술을 모은 전집이지만, 어떤 분야를 연구하든지 이 책을 한 번쯤은 살펴봐야 하는 이유가 바로 여기에 있다.

玉河漫錄

凡人所當深戒者私行道路之間慎勿禁騎馬人可也且犯私

家切勿打人或結縛人可也

士人名官子弟而適下鄉出外遊為江原亞使時見之有一

前使其奴搏來則其人詬辱萬端諸其人醉騎馬而過

為打下而去未久其人常漢適自麗山牧傷星官以殺獄論

之其士人因驚愕數十年受刑凡十次而其時臨司守令仍

彼邊言以被獄不嚴相飭笞罰其夫雖以勸家學弟徑

이역만리 연경에서 자손들을 생각하며

옥하만록 玉河漫錄

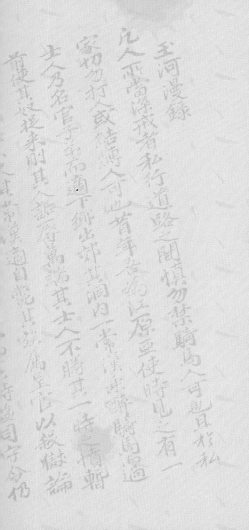

玉河漫錄

凡人平當深戒者私行道路之間慎勿禁騎馬人何曾於私
家切於人致結怨令必者等各為江原亦使時見之有一
止今名官亭東而道下鄉出邯山洞內一業漢馬醉騎馬過
前使其這樣来前其今許壽蕩其上人不勝其一時情斬
龍便其這樣来前其今許壽蕩其上人不勝其一時情斬
馬官以鈸樹論守盡同守令仍

이역만리 연경에서
자손들을 생각하며

한 집안이 정계의 풍파를 피해가며 삼대에 걸쳐 높은 벼슬하기란 여간 어려운 일이 아니다. 사화士禍가 많던 조선 중기에는 더우욱 그렇다.

여기 삼대가 연이어 중앙의 고위 관직에 등용되고, 그 모두가 기로소耆老所(나이가 많은 문신을 예우하기 위해 설치한 기구)에 들어간 집안이 있다. 세상에서 '삼세기영지가三世耆英之家'라고 칭송하는 그들은 바로 강백년姜栢年(1603~1681), 강현姜鋧(1650~1733), 강세황姜世晃(1713~1791) 일가이다. 후대에 추사秋史 김정희金正喜도 이 집안의 영광을 위해 〈삼세기영지가〉라는 글을 쓴 적이 있다. 《표암유고豹菴遺稿》에 실린 윤영조의 〈표암강판윤삼세입기사서豹菴姜判尹三世入耆社序〉를 보면 3대가 연이어 기사耆社(기로소)에 들어간 것이 얼마나 드문 일인지를 알 수 있다.

> 처음 기로소를 창설한 이래 그 제명안에 따르면 3대가 연이어 이곳에 들어간 사람이 360여 년간 한두 가문에 불과하였다. 대체로 (기로소의 입소) 규정에는 문관으로 나이는 70세, 지위는 정경이 아닌 사람은 들어갈 수 없었다. 3~4대, 6~7대가 모두 문과에 이어 정경과 재상에 오른 사람은 간혹 있었지만, 다만 나이 70세 이상를 누리는 사람은 매우 적었다. 그런데 (이 집안 같이) 3~4대를 연이어 기로소에 들어간 것은 아주 드문 일이다.

이 집안은 문장이 뛰어나면서도 장수하는 가문이었다. 기로소에는 입소하지 못했지만 강백년의 아버지인 강주姜籒(1566~1650)도 85세를 살았고, 강세황은 아버지 강현이 64세 때 본 아들이었다.

당대의 청백리, 최고의 문장가

강세황이 기로소에 들어가게 된 것은 할아버지 강백년의 음덕蔭德을 입은 것이다. 정조는 61세에 벼슬을 시작하여 당시 71세가 된 강세황을 특별히 승진시켜 주었다. 그의 할아버지가 71세에 기로소에 들어갔기에 그도 같은 나이에 들어갈 수 있도록 배려해주었던 것이다.

이러한 가문의 영예는 강백년의 인품과 처신에서 연유한 것으로 보인다. 청백리清白吏로 선발되기도 했던 그는 평소 사람됨이 단정하고 어진데다 청렴하고 검소하여 집안의 경제적인 어려움이 가난한 선비와 같았다고 한다. 사치하는 시대적 흐름을 못마땅하게 여기던 그가 최후의 수단으로 "임금께서 몸소 검소함을 솔선하여 백성들을 감화시키시라"는 요청을 하였더니 임금이 이를 따르기도 하였다. 그 정도로 그의 집안에는 더럽고 잡된 것이 없었다.

당시에는 여러 당파들이 자기 당파에 어떤 훌륭한 인물이 있는지를 내세워 저마다의 우월성을 주장하였다. 강백년은 북인北人 중에서도 소북小北에 속하였는데, 가장 뛰어난 문장가이자 청렴한 사람이라 하여 소속 당파의 대표 인물로 추천을 받기도 했다.

숙종 즉위 초에는 임금이 오래된 신하를 싫어하여 강백년을 실록 당상堂上에서 교체한 적이 있었다. 그러자 뛰어난 문한文翰을 바꾼다고 해서 주위 신하들이 탄식하였다고 한다. 이후로 그는 죽을 때까지 늘 임금과 함께하였다. 청백리에 문장까지 뛰어나다 보니 소속 당파와 관계없이 오랫동안 관직에 머무를 수 있었던 것이다. 송시열 역시 그의 청렴결백을 칭송한 바 있다. 죽은 뒤에도 포상을 받았을 만큼 그는 누구나 다 인정하는 당대의 청백리이자 최고의 문장가였다.

강백년의 이러한 모습은 젊은 시절 지방의 수령으로 있을 때부터 알려지기 시작했다. 강릉부사를 맡아 청렴하고 근신하게 고을을 잘 다스렸는데, 인조 23년(1645) 아버지의 연세가 80세가 되어 법령에 따라 체직遞職되었다. 그러자 그 해 윤6월 18일에 강릉 유학 심지하 등 4명이 강릉부 유생 1백 50명의 글을 비변사에 올렸다. 그 내용은 먼저 강백년이 부사로 있을 때의 실적을 언급한 뒤 그의 아버지 나이가 80세여서 체직된 것에 대해 적고 있다.

> 백성들이 어진 수령을 잃은 것이 마치 부모를 잃은 것 같습니다. 삼가 쌀 2백 석을 갖추어 관청에 납부하려 하니 쓰이기를 원하고 수령을 유임시켜 주시길 바랍니다.

이에 비변사에서는 인조께 건의하기를,

> 부사 강백년은 아버지의 나이가 80세여서 체직되어야 합니다. 비록 법전의 뜻은 이와 같더라도 강릉부 백성들의 뜻이 이와 같이 절박하고, 바쁜 농사철에 영해嶺海의 먼 곳 사람들이 발을 싸매고 애써 천리 길을 오는 수고를 꺼리지 않았습니다. 백년의 아버지는 나이가 비록 80세이지만 몸에 병이 없고 사는 곳 또한 그곳에서 멀지 않다고 합니다. 백성들의 소원에 따라 그대로 유임시켜 다시 강릉부에 돌아가도록 하고, 쌀을 바치겠다는 것은 허락하지 않는 것이 어떻겠습니까?

하니 인조가 그대로 따랐다는 기록이 《비변사등록備邊司謄錄》에 전하고 있다.

하지만 그를 청백리와 최고의 문장가로만 말하기에는 어쩐지 뭔가 부족하다는 생각이 든다. 설봉雪峯, 한계閑溪, 청월헌聽月軒 등의 호에서 알 수 있 듯이 그는 자연과 더불어 여유 있는 삶을 살고자 했던 사람이다. 그래서 당파 간 세력 다툼을 좋아하던 당시 사람들과는 근본적으로 처신이 달랐 다. 그의 품성 중에서 가장 돋보이는 점은 다른 사람의 과실을 공격하지 않는 것이었다. 또한 나이 80세 이상인 노인들에게 음식과 옷감을 하사할 것을 현종에게 청하여 허락을 받았을 정도로 노인을 공경하는 마음도 지 극했다.

이런 그도 때로는 강단 있는 선비의 모습을 보여주었다. 현종顯宗 때 청 나라가 황후의 죽음에 조선도 상복을 입고 곡하도록 요구했다. 조정에서 이를 따르려고 하니 그가 그것은 "옛 법도가 아니다"라며 논의를 그만두 게 했던 것이다.

일찍이 〈심잠心箴〉을 지어 인조께 올리더니, 나이 들어서는 고금의 가언 선정嘉言善政을 모으고 《대학》의 팔조八條를 참고해 《한계만록閑溪謾錄》을 지었다. 평생 자신을 경계하고 수양하는 책으로 삼기 위함이었다. 이외의 많은 시문들은 후손들이 편철編綴한 《설봉유고雪峯遺稿》에 전하고 있다.

이역만리에서 자손들에게 남긴 가르침

현재까지 그의 작품으로는 《설봉유고》에 전하는 시문 이외에는 《한계 만록》만이 알려져 있었다. 그런데 그가 자손들에게 살아가면서 주의하고 경계해야 할 사실들을 엮어서 전해준 책이 있었으니, 바로 《옥하만록》이 다. '옥하'란 원래 연경燕京(베이징)의 자금성에서 흘러나와 옥하관 주위를 흐르는 물을 가리키지만, 여기서는 옥하관의 줄임말로 생각하는 것이 좋

《옥하만록》

겠다. '만록'이란 보고 듣고 느낀 바를 마음대로 적은 글이라는 뜻이다. 따라서 이 책은 연경 옥하관에서 마음 가는 대로 적은 글이라고 볼 수 있다.

강백년은 어떻게 이역만리에서 이 책을 완성하였을까? 그는 현종 1년(1660) 10월 24일 동지사 조형 등과 함께 부사로 청나라에 가게 되었다. 옥하관은 연경에 있는 변방 국가 사신들의 숙소이다. 당시 조선의 사신들은 조양문朝陽門을 통해 연경으로 들어가 옥하관에서 유숙하는 것이 통례였다. 사신들의 현지 일정은 청나라 측의 요청에 따라 지연되어 예상보다 소모되는 시간이 많았는데, 저자는 이런 시간을 이용해서 책을 완성했던 것이다.

하지만 옥하관은 한가하게 글을 쓰거나 낭만적인 여유를 찾을 만한 곳이 아니었다. 게다가 그곳은 인조 7년(1629) 진하사進賀使 이흘李忔(1568~1630)이 바닷길을 통해 와서 임무를 수행하다 갑자기 병으로 객사한 곳이 아니던가. 비록 30여 년이 지났지만 옥하관에 온 조선 사신들에게는 그 당시의 애환이 여전히 생생했을 것이다. 그런 곳에서 글을 쓴다는 것은 상상하기조차 어려운 일이다.

그렇지만 강백년은 고국의 자손들을 위해 이 책을 집필하려고 과거 자신이 기록해 놓은 자료까지 미리 준비해 왔던 것으로 보인다. 단지 기억력에만 의존해서 이십 년 전 일을 기술한 것으로 보기에는 등장하는 사람들의 이름이나 사건 내용이 너무나 정확한 것이다. 그가 어느 곳에서든지 메모하는 습관이 몸에 배어 있었다는 사실은 《설봉유고》만 보아도 알 수 있다. 이 유고는 다른 집안의 유고나 문집처럼 후손들이 수십, 수백 년에 걸쳐 선조의 작품을 모아서 간행한 것이 아니었다. 저자가 여러 관직을 거칠 때마다 그곳에서 지은 작품들을 모아 시권詩卷으로 만들어 둔 것을 후손들이 시기별로 엮어 간행한 것임을 알 수 있기 때문이다. 저자는 머릿속 기억만으로 글을 쓴 것이 아니라 오직 고국의 자손들을 위해 미리 자료를 준비한 뒤 이역만리 사신들의 숙소인 옥하관에서 이를 정리했던 것이다.

그가 지방관으로 근무할 때 직접 보았거나 들은 사실 중에서 자손들이 경계하고 유념해야 할 것들을 이야기하듯 엮어 놓았는데, 강원아사로 재직할 때 직접 겪은 일부터 소개하고 있다. 아사란 관찰사를 보좌하며 수령을 규찰하는 임무를 지닌 벼슬인데, 도사都事를 가리키는 것으로 보인다. 그가 인조 5년(1627) 문과에 합격한 뒤 강원도사를 역임한 때는 인조 15년(1637) 여름부터 인조 18년(1640) 11월까지이다. 그 당시 저자의 나이는 삼십대 중후반이었으니 이 글을 쓰기 20여 년 전에 있었던 일이다.

후손들에게 맨 먼저 전하는 것은 양반 자제의 폭력에 의한 사망 사고

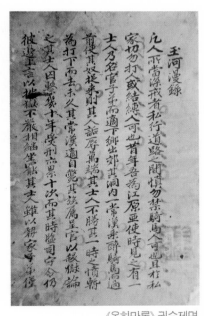

《옥하만록》 권수제면

였다. 이름 있는 집안의 아들이 시골길을 가는데, 무례한 사람이 말을 타고 가면서 욕을 보이자 순간적인 화를 참지 못해 폭행을 했다. 얼마 지나지 않아 그 사람이 죽었고, 그 가족이 관청에 알려 폭력을 행사한 사람은 살인죄로 곤욕을 치렀다. 그러니 누구에게든 폭력을 행사해서는 안 된다고 경계하고 있다.

그 다음의 이야기들도 사실 그대로 꾸밈없이 자유롭게 표현하고 있다. 몇 가지 내용을 더 소개해 본다. 그가 충청도 청풍의 수령으로 있을 때 관청에서 쌀을 배급하던 날 있었던 일이다. 한 사람이 날이 저문 뒤에야 관청으로 왔다. 당연히 매질을 해야 했으나 그 사람의 형색을 보니 병색이 완연하여 그냥 돌려보냈는데, 그날 밤 그 사람이 죽고 말았다. 만일 벌을 주었더라면 사람을 죽였다는 누명을 면하기 어려웠을 것이라며, 법규보다는 용서와 이해를 선행하라고 적고 있다.

천안에 살던 이종언이라는 사람이 아버지의 묘를 이장한 후 두 아들과 손자가 3년 안에 모두 죽은 일이 있으니 묘지를 정할 때 지관地官의 말만 따라서는 안 된다고 하였다.

또 남자들은 장기, 바둑, 쌍륙雙六 등의 잡기를 좋아하거나 집착하지 말고, 부인들은 무엇보다 이를 매우 경계해야 한다고 하였다. 당시 명문가에서는 자손들을 위해 대체로 이러한 잡기를 못하도록 하고 있었다. 이익李瀷은 《성호사설星湖僿說》에서 잡기에 대해 이렇게 말하고 있다.

> 결국 잡기 따위는 군자가 반드시 할 것은 아니다. 동월이 지은 《조선부》에는 "집안에 노름하는 기구를 두는 것은 허락되지 않았다"고 하였다. (중략) 나도 아이들에게 비록 윷놀이라도 결코 손을 대지 못하게 하는 것은 자손들을 위해 경계하기 때문이다.

쌍륙(나카무라 긴세이[中村金城], 《조선풍속화보》)

《조선부朝鮮賦》는 성종 19년(1488) 조선에 왔던 명나라 사신 동월董越이 당시 보고 들은 우리나라의 풍속을 부로 읊은 것이다. 이 책의 내용을 살펴보면 우리나라는 일찍부터 대부분의 집안에서 잡기나 노름을 금지하고 있었음을 알 수 있다. 그 중에서도 옥중에서 처음 시작되었다는 쌍륙 놀이는 남녀가 함께 즐길 경우 추잡한 소문이 나오곤 했다. 여섯 명씩 두 편으로 나누어서 하는 놀이라 이러한 이름이 붙었지만, 남녀 두 사람이 즐길 수도 있었기 때문이다. 강백년은 다음과 같은 불미스런 사례까지 들어가며 쌍륙을 특히 경계하고 있다.

죽주(안성) 지역에 과부가 된 지 1년이 된 젊은 부인이 남편의 종질從姪과 항상 쌍륙을 즐기다가 드디어 불륜 관계에 빠지게 되었다. 일이 발각되자 남녀가 함께 도망을 갔는데 그들이 간 곳을 모른다고 한다. 이 이야기를 들은 이웃들은 마음 아파하며 놀라지 않은 사람이 없었다.

저자가 여러 잡기雜技 중에서도 쌍륙의 폐해에 대해 사례까지 남긴 것은 이것이 주로 친인척 남녀끼리 즐기던 놀이였기 때문이다. 아는 남녀가 함께 놀다 보니 자연히 이성 간 문란한 일이 생기고, 특히 남녀 두 사람만이 대결할 때는 불륜까지 가는 경우도 있었던 것이다. 청장관靑莊館 이덕무李德懋도《사소절士小節》에서 그 폐단을 이렇게 지적하고 있다.

《사소절》 권수제면

여자가 윷놀이와 쌍륙을 하면 뜻을 해치고 예의를 거칠게 만드니 나쁜 풍습이다. 종형제, 내외종형제, 이종형제가 되는 남녀들이 둘러앉아 대국을 하며 점수를 계산하는데 소리를 지르며 말판의 길을 다툰다. (이때) 손길이 서로 부딪치면서 다섯, 여섯 하고 외치는 소리가 밖으로 다 나간다. 이것이야말로 정말로 음란의 근본이다.

이외에도 술 마신 뒤 언행을 조심할 것, 물가에서의 행동거지와 배를 탈 때 조심할 것 등 어느 집안에서나 있을 만한 이야기도 그 사례를 들어 소개하고 있다.

할아버지가 쓴 책을 손자가 베껴 전하다

이 책은 시·서·화의 삼절三絶로 불리는, 그의 손자 강세황이 베껴 전한 것이다. 이러한 사실은 책의 말미에 강세황이 영조 44년(1768) 2월 23일에 쓴 아래의 글이 실려 있는 것으로 알 수 있다.

> 이 책의 내용은 모두 경계하고 삼가야 할 것들이다. 절실하고 간절하여 후손들에게 가르침이 없지 않다. 내가 이 책이 없어질까 두렵고, 또 아이들을 인도하기 위해 따로 베껴둔다.

할아버지가 짓고 손자가 베껴 전하게 된 《옥하만록》. 최초로 공개되는 것이지만 혹시 명문가를 가장한 위작은 아닐까 하는 의심도 들었다. 그런데 이 책의 존재 사실을 밝혀주는 강세황의 글이 있었다. 《표암유고》 권5에는 "경건히 옥하만록의 아래에 쓰다"라는 뜻의 〈경서옥하만록하敬書玉河漫錄下〉가 전하는데, 이 글이 제목만 생략된 채 《옥하만록》의 권말에 그대로 실려 있는 것이었다. 자손들이 경계하고 삼가야 할 내용을 담고 있는데다가 이 기록까지 동일하므로 위작에 대한 의심은 사라지게 되었다. 다만 이 책이 강세황의 친필본인지 아니면 그것을 베낀 전사본인지는 분명하지 않다.

다만 두 기록 간의 차이는 순치경자順治庚子 다음의 문자였다. 〈경서옥하만록하〉에서는 '선조고문정공先祖考文貞公'이라고 되어 있어 이 책을 쓴 사람이 강세황의 할아버지인 강백년임을 분명히 가리키고 있다. 그러나 《옥하만록》에는 원래 '선문정공先文貞公'이라고 되어 있는 것을 누군가가 '선先' 자를 먹으로 지운 뒤 그 곁에 서툰 서체로 '왕고王考'라고 적어 놓았다.

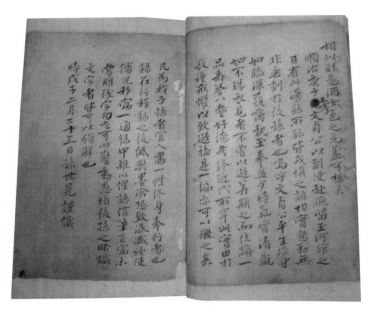

권미에 있는 강세황의 지(識)

아마도 강세황이 돌아가신 강백년을 일컬을 때는 할아버지라는 뜻의 '왕고'라고 해야 옳다는 생각에서 후대의 누군가가 고쳐 놓은 것으로 보인다.

어릴 적부터 등에 표범처럼 흰 얼룩무늬가 있었다는 표암豹菴 강세황은 61세 되던 해인 1773년 봄 아주 늦은 나이에 벼슬을 시작하였다. 과거 훌륭한 신하로 기로소에 입사하였던 강백년과 강현의 자손이 당시 강세황 혼자뿐임을 알고 영조가 특별히 등용한 것이다. 이후 64세 때 기구과耆耈科, 66세 때 정시庭試에 수석 합격하는 등 79세로 생을 마감할 때까지 노익장을 과시하였다. 벼슬을 하기 전에는 시련도 적지 않았고, 부모가 죽은 후에는 처가가 있는 안산에 가서 시·서·화에만 전념하기도 했다.

그는 시간이 흐르면서 조선이라는 나라가 땅이 좁아 새로운 견문을 넓힐 수 없음을 한탄하기 시작한다. 이러한 마음은 중국을 동경하게 했고, 심지어는 중국에서 태어나지 못한 것을 평생의 한으로 여기기까지 하였다. 이런 그에게 중국에 다녀올 기회가 주어졌다. 그가 연경에 부사로 갈 수 있도록 정조가 배려해 주었던 것이다. 그 역시 할아버지가 묵었던 옥하관에서 유숙하였을 것이다. 그의 할아버지가 그곳에서 《옥하만록》을 집필한 지 124년이 지난 1784년, 강세황이 72세 때의 일이다.

《옥하만록》을 집필할 때의 할아버지보다 훨씬 많은 나이가 되어 그곳을 찾은 강세황의 느낌은 어떠했을까? 그날 밤 그가 생각한 것은 조선 땅에서 추구했던 큰 세상에 머물며 새로운 견문을 넓히는 일만이 전부는 아니었을 것이다. 얼굴 한 번 보지 못한 할아버지의 위대함에 경외심을 느끼지는 않았을까? 그러고 보니 아버지 강현 역시 1701년 인현왕후의 고부사告訃使로 연경에 다녀 온 일이 있다. 강백년, 강현, 강세황 삼대는 '삼세기영지가' 일 뿐 아니라 '삼세조천지가三世朝天之家' 도 되는 셈이다.

유일본인 이 책은 17세기 중엽의 특정 사건을 둘러싼 지방관들의 통치와 민중들의 삶을 살필 수 있다는 점에서 그 가치가 매우 돋보인다. 강세황이 "책 속에 속된 말이 많아서 간행하지 않았다"라고 하였듯이 당시 사용되던 비속어도 찾아 볼 수 있어 유익하다.

옥하는 지금도 흐르고 있지만 옥하관은 이미 없어져 다만 금대金臺라는 정원이 그 자리를 대신하고 있을 뿐이다. 이역만리에서도 고국의 자손들을 떠올리며 경계의 글을 남겼던 설봉 강백년. 옥하가 홀로 기억하고 있던 그의 애틋한 내리사랑을 이제라도 우리가 공유할 수 있게 되었으니 참으로 다행한 일이다.

陳簡齋集未能盛行於東方有志

詩者恨之歲癸卯宋相輔壽出按湖

南多刊書州而是集在預爲縣前寧

柳侯泗掌其事未畢而菌滿去今年

五月功乃訖憶宋相開廣文籍嘉惠

後學之意於此亦可見其千一云嘉

靖二十三年甲辰五月上澣永議郎行茂

長縣監柳希春謹跋

임진왜란 때 일본으로 끌려갔다가 지금은 미국에

간재시집 簡齋詩集

陳簡齋集未甚盛行於東方有忘憂
詩者恨之歲癸卯宋相壽出按湖
南多刊書冊而是集芸頂焉縣前宰
詩者刊書其事未畢而菌淵去今年
柳侯泗掌開廣文籍嘉惠
五月功乃訖憶宋相開廣文籍嘉
柳侯泗掌其事未畢而菌淵
亦可見其真千一云嘉
歲郊行茂

일본이 대륙을 침략하기 위해 시작한 임진왜란은 결국 조선의 쇠락뿐
아니라 중국과 일본의 붕괴와 변화까지 불러왔다. 그나마 일본은 조선에
서 약탈한 물품과 끌고 간 포로를 통해 다방면으로 문화적 혜택을 누렸으
니 그들로서는 불행 중 다행인 셈이었다. 그 중에서도 여러 분야의 책들은
일본인들의 학문적 목마름을 해소시켜 주었고, 당시 그들이 칭송했던 책
들은 매우 소중하게 관리되어 지금도 일본의 여러 문고에 남아 있다.

그러한 책들 중 하나가 지금 버클리대학에 보관되어 있는 《간재시집簡齋

《간재시집》

詩集》이다. 이 책은 임진왜란 때 왜군들이 약탈해서 일본으로 가져가 쇼군將軍의 소유물이 되었다가 나중에 미국으로 옮겨진 것이다.

모두 15권 5책으로 정식 서명은 《수계선생평점간재시집須溪先生評點簡齋詩集》이다. 송宋나라 시인 진여의陳與義(1090~1138)가 지은 시에 유진옹劉辰翁(1234~1297)이 평점評點을 붙인 것이다. 《영규율수瀛奎律髓》를 지은 방회方回(1227~1307)는 황정견黃庭堅, 진사도陳師道, 진여의 등 세 사람이 두보杜甫의 시를 계승하였으므로 두보를 배우려면 이 사람들의 시를 참조해야 한다고 하였다. 이것을 '일조삼종一祖三宗' 설이라고 하는데, 진여의는 바로 이 '삼종'의 한 사람으로 평가받는 시인이다.

학문적 친분으로 책을 간행한 유희춘과 송인수

《간재시집》이 처음 우리나라에 들어왔을 때는 금속활자인 갑인자甲寅字로 간행하였으나 그 수요를 당해낼 수가 없었다. 그러다가 중종 39년(1544)에 전라도 무장현에서 금속활자본을 해체하여 나무판에 뒤집어 붙이고 새겨 간행한 것이 바로 이 책이다.

당시의 서적 보급 방법으로는 번각飜刻이 유행하고 있었다. 중앙에서 금속활자로 책을 인쇄하여 지방으로 내려 보내면, 지방에서는 그 책을 해체하여 나무판에 뒤집어 붙이고 새겨 간행했던 것이다. 그 이유는 금속활자로는 다양한 서책을 간행할 수는 있었지만, 많은 부수를 찍어내기 위해서는 너무 많은 공력이 필요했기 때문이었다.

이 일을 마무리한 것은 그 당시 무장현감 유희춘柳希春(1513~1577)이었다. 그의 발문에 따르면 "전라도관찰사인 송인수가 호남에서 서적을 많이 간

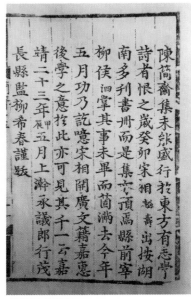
유희춘의 발문

행했는데, 이 책의 간행은 전前 현감이 맡아 시작한 뒤 후임자인 자신이 이해 5월에 완성했다"고 한다. 한 해 앞서 전라도관찰사로 부임해 와 있던 송인수와 간행을 완성한 유희춘은 책을 아주 좋아하는 인물들이었다. 게다가 무장현은 땅이 넓고 조기, 넙치, 홍어 등 지역토산품이 풍요로워 사람들이 많이 살고 있었기 때문에 간행에 필요한 비용 조달은 문제가 되지 않았다.

사실 유희춘이 외직外職인 무장현감으로 오게 된 것은 그의 어머니 때문이었다. 홍문관弘文館 수찬修撰으로 사서司書를 겸직하고 있던 그가 해남에 계신 어머니를 모시고 싶다는 청을 올리자 중종이 1543년 6월 무장현감으로 보내주었던 것이다. 그는 이곳에서 1년 6개월을 보내고 인종 1년(1545) 윤1월에 중앙 정계로 다시 복귀하게 된다.

유희춘은 기억력이 매우 뛰어나 《주자대전朱子大全》도 돌아앉아 외울 수 있었다고 한다. 무슨 책이든 읽지 않은 것이 없을 만큼 다독하였는데, 책을 좋아하는 모습이 마치 음악이나 여색에 빠진 사람 같았다는 기록도 전하고 있다.

그가 다독을 통해 얼마나 많은 사물에 박식하였는지를 알 수 있는 기록이 《죽창한화竹窓閑話》에 전한다. 《죽창한화》는 인조 때 이덕형李德泂

(1566~1645)이 지은 수필집인데, 유희춘이 경연經筵에서 선조와 나눈 대화를
이렇게 소개하고 있다.

> 유희춘은 선조 초에 항상 경연에 나아가 강연하였다. 어느 날 유희춘이 《시
> 경》〈석서편碩鼠篇〉을 강연하는데, 선조가 "쥐는 천하고 미운 무리인데 어찌해서
> 육갑六甲의 첫머리에 두는가?" 하자 유희춘은 "쥐의 앞발은 발톱이 넷이고, 뒷발
> 은 발톱이 다섯입니다. 음양이 서로 반씩 함에 이 무리 같은 것이 없습니다. 그래
> 서 밤중에 음이 다하고 양이 생기는 뜻을 따라 쥐를 12시의 첫째로 삼는 것입니
> 다"라고 하였다. 선조는 이 말을 듣고 매우 이상하게 여겼다.

그는 후일 함경도 종성으로 유배되어서도 밤낮을 가리지 않고 글을 쓰
고 책을 베꼈다. 변방 사람들을 교
화시키는 일에도 힘을 써서 그 무
렵에는 변방에서도 글을 배우는
사람이 많아졌다고 한다. 이렇게
책을 사랑했던 유희춘도 문장과
시가는 좋아하지 않아서 그의 저
술 중 이와 관련된 것은 없다.

당시 전라도관찰사였던 송인수
宋麟壽(1499~1547)는 장가들던 날 저
녁에도 불을 밝혀 놓고 글을 읽었
을 정도로 손에서 책을 놓는 일이
없었다고 한다. 책을 좋아하기로
는 유희춘과 서로 어깨를 겨눌 만

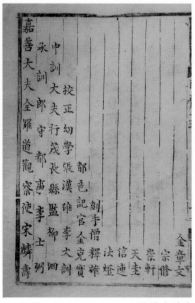

간행자 명단

한 사람이었다.

그는 중종 38년(1543) 전라도관찰사가 되자 지역의 풍속을 바로잡고 학교를 진흥시켜 인재를 양성하는 것이 급선무라고 판단했다. 이 목적을 달성하기 위해서는 무엇보다도 책의 보급이 필수적이었기 때문에 관찰사로 있는 동안 많은 책을 간행했는데,《간재시집》역시 이러한 배경에서 탄생한 것이었다.

유희춘이 이 책의 간행을 완성한 것에는 또 다른 배경이 있었는데, 그것은 바로 송인수와의 친분 때문이었다. 허균許筠(1569~1618)이 지은《식소록識小錄》에는 이들의 친밀함을 알 수 있는 글이 있다.

> 유희춘이 말하기를, 내가 젊은 시절 남평현감으로 있을 때 백인걸白仁傑은 무장현감이었다. 마침 참판 송인수가 전라도관찰사로 부임하자 세 사람이 서로 뜻이 맞아 매우 즐겁게 지냈다. 송공은 부안의 기생을 좋아하였는데, 정은 통하지 않고 다만 함께 데리고 다닐 뿐이었다. 늘 글을 보내어 나와 백인걸을 불러 항상 함께 놀러 다니니 전라도 사람들이 삼차비三差備(특별한 일을 위해 임시로 임명된 세 사람)라고 불렀다. 송공이 임기가 되어 떠날 때 나와 백인걸, 그리고 기생이 함께 전별하였다. 송공은 "내가 이 기생의 영리함을 사랑하여 일 년이나 자리를 함께 하면서도 건드리지 않은 것은 실은 죽음을 두려워하였기 때문이었다"라고 하자 그 기생은 바로 앞산의 많은 무덤을 가리키면서 "과연 그렇습니다. 저 무덤들이 모두 나의 서방이었습니다"라고 하였다. 이 말은 대개 송공을 원망한 말이어서 모두들 크게 웃었다. 이후에도 그 기생은 늘 송공을 칭찬하며 눈물을 흘리기까지 하였다.

평소 송인수가 여색을 멀리하여 사람들이 그의 강한 의지에 감복되었다고 하는데, 여기에서도 이를 짐작할 수 있다. 그는 49번째 맞이하는 생일날 스스로도 알 수 없는 죄를 지고 사약을 받게 된다. 죽기 직전에도 아들에게 부지런히 글을 읽고 주색을 경계하라는 말을 남겼다고 한다.

송인수와 유희춘은 14살 터울의 상하급자였지만, 두 사람 모두 학문을 좋아하여 사적인 교유가 깊었다. 그래서 송인수도 이 책을 간행하도록 유희춘에게 권유할 수 있었을 것이다.

이 기록에는 유희춘이 남평현감, 백인걸이 무장현감으로 되어 있다. 그런데 유희춘은 이 책을 간행한 이듬해인 인종 1년(1545)에 사헌부司憲府 지평持平으로 중앙 무대에 복귀하게 된다. 이때 함께 추천되어 경쟁 관계에 있던 백인걸은 당시 남평현감이었다. 이로 미루어 본다면 이 기록에서는 유희춘과 백인걸의 직책이 바뀐 것 같다.

도쿠가와 이에야스를 거쳐 아들 요시나오에게로

책은 오동나무 상자에 보관되어 있으며, 상자 하단에는 '韓版/陳簡齋詩集/五冊'이라고 적은 종이를 붙여 놓았다. 상자 앞면에는 '駿河御讓本'이라고 적혀 있는데, '쓰루가어양본駿河御讓本'이란 에도[江戶]막부를 연 도쿠가와 이에야스[德川家康]가 자손들에게 분양한 서적을 가리킨다.

상자를 열면 5책을 담고 있는 또 다른 감색 포갑包匣이 있다. 포갑에는 '駿河御讓本/韓版陳簡齋詩集/共五'라는 제목을 쓴 종이가 붙어 있다. 안쪽 면에 '駿河御讓/簡齋集 朝鮮板/五冊'이라는 붓글씨가 있는 감색 포갑을 펼치자 간재집이 드디어 얼굴을 드러낸다.

외형은 우리나라만의 전통적인 장책粧冊법인 오침선장五針線裝(다섯 구멍을

《간재시집》 포갑   요시나오의 장서인 '御本'

뚫어 실로 묶은 것)이지만, 표지는 모두 연분홍색으로 일본에서 고쳐 꾸며 놓았다.

제1책의 첫머리에는 수계 유진웅의 서문이 있고, 이어 목록과 권1(賦), 권2-3(詩)이 있다. 제2책에는 권4-5(詩), 제3책에는 권6-8(詩), 제4책에는 권9-11(詩), 제5책에는 권12-13(詩), 14(銘贊), 15(無住詞)가 있다.

표지를 넘기자 '御本' 이라는 장서인이 보인다. 이것은 도쿠가와 이에야스의 아홉 째 아들 요시나오[義直]의 장서인이다. 《봉좌蓬左문고도록》(나고야시봉좌문고 편, 나고야시교육위원회, 1984)과 《일본봉좌문고한국전적》(천혜봉, 서울, 지식산업사, 2003)을 통해 요시나오가 이 책을 소유하게 된 경위를 살펴보자.

임진왜란 당시 유출된 책은 처음에는 대부분 도요토미 히데요시[豊臣秀

의 소유였지만, 이후 도쿠가와 이에야스에게로 넘어가게 된다. 이에야스는 셋째 아들 히데타다[秀忠]에게 2대 쇼군의 자리를 넘기고, 자신은 고향인 쓰루가(현재의 시즈오카)로 은퇴한 후 쓰루가문고를 운영하였다.

이후 이에야스는 히데타다에게 자신의 다른 아들들에게 재산을 분양할 것을 지시하였다. 아버지의 명에 따라 히데타다는 이에야스의 아홉째에서 열한 번째 아들들에게 책과 재산을 분양한다. 형제간 분양 비율은 오늘날 수학공식으로 쉽게 이해되지 않는 5:5:3.

이때 세 아들에게 분양된 책이 바로 쓰루가어양본이다. 세 아들 중에서도 오와리[尾張] 번주藩主였던 아홉째 아들 요시나오가 학문을 좋아한 까닭에 선본善本을 많이 받았다고 한다. 이 책 역시 요시나오에게 분양되었다.

요시나오는 이후에도 많은 책들을 수집하여 개인 장서가 상당하였는데, 자신이 소장했다는 표시로 '御本'이라는 장서인을 찍어 두었던 것이다. '御本'이라는 장서인이 찍힌 조선본 중에서 임진왜란 이전에 간인된 것은 임진왜란 때 약탈되어 일본으로 유출된 책이 틀림없다. 이 책도 요시나오의 옛 장서에서 유출된 것이 분명하나 그 시기와 연유는 알 수 없다. 요시나오의 수집본들이 1872년 흩어져 일부가 없어졌다고 하니 이와 연관이 있을지도 모르겠다.

아버지 이에야스로부터 분양받은 조선책과 요시나오가 계속 수집한 책들은 1935년 이후 나고야의 호사蓬左문고가 되어 오늘에 전하고 있다. '蓬左'는 나고야성이 봉래궁의 왼쪽에 있다는 뜻으로 요시나오가 말한 데서 유래한 이름이다.

호사문고에는 이 책과 동일한 판본이 있다. 권수를 달리하여 장책한 탓인지 15권 6책으로 이 책보다는 1책이 더 많다. 이 책은 아마도 한때 호사문고에서 복본複本으로 전하던 것으로 추정된다. 현재 국내에는 임진왜란 이후의 간본이 여러 질 전하고 있으나, 이 책과 동일한 판본은 결본缺本으로 전하고 있다.

당대 문인들의 애독서, 새로운 운명을 맞이하다

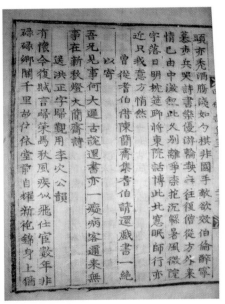

《사가정집》

《간재시집》은 우리나라 학자들이 일찍부터 열람하던 책이다. 여말선초의 대학자이자 정치가인 양촌陽村 권근權近(1352~1409)과 점필재佔畢齋 김종직金宗直(1431~1492)도 간재 진여의의 운韻을 따라 시를 짓는 등 이 책은 당대의 문사들의 애독서였다.

서거정徐居正(1420~1488) 역시 이 책을 많이 보았는데,《사가정집四佳亭集》에 이 책과 관련된 재미난 시 한 편을 남기고 있다. 시의 제목은 "기백耆伯에게서《진간재집》을 빌려왔는데 돌려달라고 하므로 장난삼아 절구 한 수를 부치다"이다.

우리 형의 사리 판단 어찌 그리 느리신가　　　　吾兄見事何太遲

옛날 말에 책을 돌려주는 것도 어리석음의 하나라 했지　　古說還書亦一癡

병든 나그네는 요즘 아무 일 없으니　　　　病客邇來無事在

기백은 그와 친밀하던 김숭로金崇老의 자字이다. 서거정은 이 시에서 김
숭로가 빌려준《간재시집》을 돌려달라고 하자 옛말에도 책을 빌렸다 돌려
주는 일은 어리석은 짓이라 했다며 오는 가을까지는 이 책을 보아야겠다
고 배짱을 부린다. 어쩌면 자신이 계속 소유하고 싶은 욕망을 드러내고 있
는지도 모르겠다. 이렇게《간재시집》은 당대의 문인이라면 누구나 열람하
면서 자신의 창작시에 참고하였던 책이다.

16세기 이후에도 시를 짓는 문인들은 여전히 이 책을 읽었다. 임진왜란
이 일어나기 두 해 전인 1590년 통신부사로 일본에 파견되었던 김성일金誠
一(1538~1593)도 일본 땅에서
이 책을 열람했다고 한다.

그러니 우리나라 시문을
정리한 한문학의 큰 학자 신
흠申欽(1566~1628)이《간재시
집》을 애용했던 것은 너무나
당연한 일이다. 그는 진간재
가 국화를 음탕한 여인인 서
랑에 비유한 것은 잘못이라
며, 이를 지적하는 칠언절구
시를 남기기도 했다.

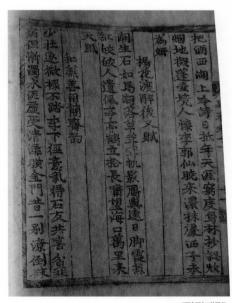

《점필재집》

된서리 깔린 땅에 홀로 피는 꽃	嚴霜鋪地獨抽芳
추운 구월의 누런 꽃 언제나 사랑스러워	每愛寒花九月黃
모르지만 진공이 어떠한 사람인지	不識陳公何似者
곧고 예쁨을 엉뚱하게 서랑에 비유하는가	錯將貞艷比徐娘

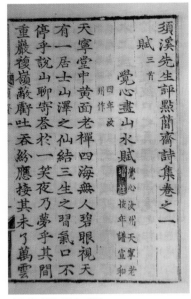

《간재시집》 권수제면

18세기 학자인 이덕무李德懋(1741~ 1793)는 간재 진여의와 후산後山 진사도가 시의 품격도 같고 성도 같아 두 사람의 자와 호를 혼동하는 사람들이 있다는 글을 남기고 있다. 그 당시까지도 《간재시집》은 한시를 배우고 짓기 위한 필독서였기 때문에 이러한 혼란이 있었던 것이다.

버클리대학이 소장하고 이 책은 그동안 중국본으로 편목되어 있어서 한국인은 이 책을 확인할 수가 없었다. 편목한 시기를 참고한다면 버클리대학이 이 책을 입수한 것은 1950~ 1960년대로 추정된다. 임진왜란 이전에 간행된 조선본이 일본을 거쳐 미국으로 유출된 아주 특이한 사례이다.

만일 이 책에 생명이 있다고 가정한다면, 그는 400년이 넘는 긴 세월을 한없는 눈물로 호소하고 있었을 것이다. 임진왜란 때 왜군에게 약탈되어 일본에 유출되었으니 사람으로 친다면 포로가 된 셈이다. 그동안 얼마나 자신의 생존 사실을 조국에 알리고 싶었겠는가? 일본에서 아무리 연분홍색 겉옷을 새로 입혀주고 오동나무 상자로 감싸준들 자신이 태어난 조국을 잊을 수 있었겠는가?

이 책은 다시 새로운 운명을 맞이한다. 20세기 중엽 미국으로 이민을 가게 된 것이다. 그곳에서는 친절하게도 자신의 이름을 중국말로 지어 주었다. 불행하게도 우리는 이제껏 그의 생존과 이민 사실을 알지 못하고 있다가 오늘에서야 이를 확인하였다. 원래의 한국 이름도 찾아주었고 생존 사실도 이렇게 두루 알리니, 이제 그의 한은 기쁨으로 승화될 것이다.

肉空處皆得結核於
不如他腫而必界破則肌膚之痛兼
藥而消去毒氣然後可得瘥碼故其所以治
療之方各錄于五下

뭣 사룸이 녈로 ᄃᆞᆯᄒᆡᆫ
죠고미 라ᄒᆞ고 믈읏 일홈을 모ᄅᆞ 미 후열
야ᄌᆞ라 이다 ᄀᆞ론 본다 나곤ᄒᆞ기 어려ᄫᅳᆷ
타 소리 지ᄃᆞᆨ지 몯ᄒᆞᆫ 아 곤 ᄒᆞ야
코 리어러 이ᄒᆞ흠을 다 ᄉᆞ딩이라 ᄒᆞ
화 ᄆᆞᆯ 어이 일로ᄡᅥ 그 곤겨 슬
ᄃᆞᆯ 이라 ᄒᆞ니 혼
이오 세 혼 命ᄃᆞᆼ이오
이오 ᄆᆞᆯ은 德ᄃᆞᆼ이오

종기 치료도 수술로 해야지

치종비방부治腫秘方附

療之方盡錄于五行之下

藥之方盡錄于五行之下

藥而消去毒氣然後可得差治

不如他腫而必死矣宜用鍼而決出惡血治

肉窄處皆浮結核結成潰破則肌膚之痛癰

종기 치료도
수술로 해야지

옛날에는 피부 질환이 많았는데, 외부의 상처를 통해 염증이 생겨 곪는 종기가 대부분이었다. 종기란 세균에 의해 발생되는 급성 질환으로 피부에 염증이 생겨 고름이 차는 증상이다.

옛날 중국의 병법가로 《오자吳子》라는 병법서를 남긴 오기吳起는 종기로 고생하는 병사가 있으면 자기 입으로 고름을 빨아내서 치료해 줬다고 한다. 이를 통해 군사들의 환심을 얻고 사기도 진작시켜 결국 싸움에서 승리했다는 것이다. 지도자의 의도적인 종기 치료가 전쟁에서는 승리의 수단이 되기도 했던가 보다.

불과 이삼십 년 전까지만 해도 종기는 주위에서 흔하게 볼 수 있는 질병이었고, 치료약인 고약은 각 가정의 필수의약품이었다. 위생 환경이 훨씬 열악했던 과거에는 신분고하를 막론하고 누구나 종기를 앓았기 때문에 천연 재료를 이용한 민간요법도 꽤 있었다. 한때 율곡 이이李珥에게 글을 가르쳤다는 중종·명종 때 학자 어숙권魚叔權의 《패관잡기稗官雜記》에는 나무에서 분비되는 진津을 이용한 종기 치료를 소개하고 있다.

함경도 육진六鎭(두만강 하류의 종성, 온성, 회령, 경원, 경흥, 부령 등 여섯 진)에 있는 어떤 나무는 그 잎이 전나무와 비슷한데, 그 지방 사람들은 잇가나무伊叱檟木라고 부른다. 그 (나무의) 진을 종기에 바르면 바로 낫는데, 특히 등에 종기가 처음 생길 때 효험이 있다. 정덕연간正德年間(1506~1521) 중에 처음 서울에 공물로 바치도록 명하였다.

《치종비방부》 《치종비방부》 권수제면

이렇게 바치기 시작한 이 약은 내의원에 보관해 두고 국왕까지 사용하는 명약이 되었다. 중종이 종기를 앓고 있을 때 내의원의 장순손張順孫과 김안로金安老가 중종에게 이 약을 사용해 볼 것을 요청하였던 것이다.

> 잇가나무 (송진은) 함경도에서 생산되는데, 비록 지방에서 만든 약이지만 종기 치료에 좋습니다. 사용한 사람들이 매번 신기한 효험을 보았다고 하므로 진상토록 하여 내의원에 보관해 두고 있습니다. 종기를 앓던 사람들이 이 약으로 효험을 본 사람이 자못 많습니다. 먹는 약이라면 잡스런 약을 쓰는 것은 곤란하겠지만, 이것은 단지 겉에 바르기 때문에 해로울 것이 없습니다.

실제로 종기 치료에는 송진을 주재료로 만든 고약을 사용한다. 이 치료약을 송지경고松脂硬膏 또는 송진경고松津硬膏라고 하는데, 북한 지역에서는 송진고약松津膏藥이라 해서 민간에서도 많이 사용하는 것으로 알려져 있다.

한문 원문과 한글을 함께 수록한 종기 치료법

침술 치료에 머물러 있던 종기 치료법은 16세기 중반에 와서 절개 치료로 발전하게 된다. 이 사실은 임언국任彦國이 지은 《치종비방治腫秘方》이라는 책에 전한다. 치종비방이란 '종기를 치료하는 비법의 처방' 이라는 뜻이다. 이 책은 저자가 죽은 뒤 얼마 지나지 않은 명종 14년(1559) 당시 전라도관찰사이던 안위安偉(1491~1563)가 정읍에서 저자의 처방을 입수한 뒤 금산군수 이억상李億祥에게 위촉하여 간행한 것으로 한문으로 기록되어 있다. 안위는 서문에서 임언국이 처음 종기 치료를 하게 된 계기를 이렇게 적는다.

정읍에 살던 임언국은 천성이 지극한 효자였다. 어머니가 종기를 앓았는데 백약이 무효였다. 다행히 영은사에서 한 노인을 만나 침법을 전수 받아서 어머니 병을 치료하였다. 뒤에 병을 고치는데 항상 효험이 있었고, 종기 치료에 한정되지 않았다.

처음 이 책의 간행을 주도한 안위는 한쪽 눈을 볼 수 없는 시각 장애인이었다. 그의 동생 안현安玹(1501~1560)은 일찍부터 의학에 관심이 많아 의술과 약리에 매우 정밀하고 견문이 넓어 중종 말년에는 임금의 주치의로 활동한 사람이다. 《명종실록》에는 이 형제의 우애가 돈독하였다고 특별히 적어 두었으니, 이 책의 간행 역시 형제가 협의하여 진행한 것으로 보아도 좋을 듯하다.

그렇다면 《치종비방》이라는 서명 끝에 '부附'가 붙어 있는 《치종비방부》는 어떤 책인가? 기존의 《치종비방》에 무언가를 덧붙여 놓았다는 것인데, 그것은 바로 한글이었다. 《치종비방》은 한문으로만 되어 있어 한문에 익숙하지 못한 사람들은 분명하게 이해할 수 없는 불편함이 있었다. 이러한 불편을 없애고 누구나 쉽게 이용할 수 있도록 국한문을 함께 편성하여 정해년 8월 전라도 금구현에서 간행한 것이 바로 이 책이다. 각 항목마다 한문 원문에 이어 한글이 함께 수록되어 있다.

먼저 종기의 유형을 환부의 색에 따라 다섯으로 나누고 그 치료법을 다음과 같이 설명하고 있다. 먼저 화정火疔은

> 그 색이 검붉으며 매우 열이 난다. 머리에 생기면 종기가 난 부위 및 백회百會, 척택尺澤 등의 혈위穴位에 침을 놓아 피를 낸 뒤에 더운 소금물에 담근다. 설 때와 누워 잘 때는 그 부위의 머리카락을 자른 뒤에 토란고약을 붙여 나쁜 독을 뽑아낸다. 얼굴에 생기면 종기가 난 부위 및 백회, 척택 등의 혈위에 침을 놓아 독을 빼고 더운 소금물로 씻어 내어 열을 가라앉힌 다음에 토란고약을 붙이면 반드시 낫는다.
>
> 손과 발에 생겼을 때 침과 약을 사용하는 방법은 위와 같다. 다만 더운 소금물에 담그면 더욱 좋다. (이렇게 해도) 치료되지 않으면 천금누로탕千金漏蘆湯과 두꺼비 재를 섞어 하루 3회씩 복용하고, 심하면 더운 소금물에 목욕하면 신비한 효과가 있다.

석정石疔은,

그 색이 겉은 희고 속은 붉은데 하루가 지나면 멍울이 된다. (크기가) 큰 콩 내지 새알만 한데 누르면 몹시 아프고 돌처럼 단단하다. (그래서) 침도 들어가기 어려우므로 종기 주위의 생살에다 종기 방향으로 찔러 독의 뿌리를 베어버리면 즉시 낫는다. 그 나머지 치료법은 화정과 같다.

수정水疔은,

그 색이 순홍색으로 손과 발에 자주 생긴다. 침봉針鋒은 모두 아래로 향하여 침을 놓는다. 만일 머리, 얼굴, 사지에 올라오면 이가 무는 듯하고, 개미가 다니는 것 같다. 누르면 즉시 옮겨 버리고 보더라도 살피기 어렵다. 독기가 있는 곳은 피부색이 반드시 변하고, 털이 곤추선다. (먼저) 종기와 통하는 경락에 침을 놓은 다음에 종기가 난 부위에 침을 놓으면 즉시 낫는다. 약을 쓰고 목욕하는 법은 화정과 같다.

마정麻疔은,

그 색이 조금 희면서 붉은데 헐어도 아프지 않다. 마치 삼이 물건을 얽은 듯하고, 베가 몸에 부딪힌 것 같다. 온몸에 퍼져 점점 붓고 커지는데 손가락이 마치 다리와 같게 된다. 다리 붓기가 한 치가 되고, 머리 붓기가 한 치가 되면 죽는다. 침과 약, 그리고 목욕하는 것을 화정과 같이 한 뒤에야 나을 것이다.

누정縷疔은,

그 색이 희지도 않고 붉지도 않다. 독한 기운이 성하게 나와 점차 실 가닥을 만들어 뼈와 살 사이를 뚫고 펴져 가죽과 살 틈에서 단단하게 터를 잡는다. 마치 사방에 휘감기어 실이 경락에 맺힌 것 같다. 누르는 곳마다 모두 굳어지며 세월이 가서 터지면 죽는다. 비록 그 사방에 침을 놓는다 하더라도 얽힌 것은 잠깐 없어지나 도로 아파 좋아지기 어렵다. (그러므로) 반드시 그 덩어리를 없애고 그 뿌리를 제거해야만 계속 나아간다. 이전에 누정을 말하지 않은 것은 모습을 표현할 수 없었기 때문이었다. 내가 신묘년(1531)부터 치료한 사람은 많게는 수만 명이나 되는데 누정인 사람은 한 해에 한둘을 보았다. 그 종기를 살펴보니 바로 실이 물건을 뚫어 움직이지 못하게 한 것과 같으므로 내가 그러한 까닭을 알고 누정이라고 이름 하였다.

한편 종창 중에서도 가장 긴급한 시술이 필요하다는 등창背瘡의 수술방법과 치료에 대해서는 이렇게 설명하고 있다.

모두 심화心火에 속한 것이므로 죽마혈에 뜸을 뜨면 심장과 혈관이 유통되어 스스로 낫는다. 처음 생겼을 때 토란고약을 붙이고 척택혈에 침을 놓으면 없어진다. 2~3일 되면 크기가 콩만 해진다. 침으로 그 뿌리를 벤 다음 토란고약을 붙이고 또 척택혈에 침을 놓으면 없어진다. 4~5일 되면 크기가 먹는 배만큼 된다. 이때는 침으로 십자형으로 베는데 서로 비스듬히 하면 나쁜 피가 쉽게 흐른다. 침을 잡을 때 공경하고 신중하게 한다면 환자도 상처가 없고 효험도 빠를 것이다. 피가 멈춘 뒤 나쁜 진액이 다 나오면 아픈 것이 멈춘다. 쉴 때는 족제비고기로 그 속을 채우고 참기름을 주위에 발라주고, 주야를 가리지 말고 소금물 치료를 한다. 또 자주 천금누로탕과 두꺼비 재를 섞어 먹으면 열흘 안에 낫는다.

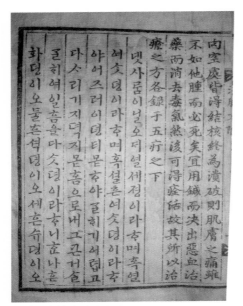
국한문이 함께 새겨진 면

임언국이 이 책에서 언급하고 있는 종기 치료를 위한 처방약과 치료법, 그리고 수술법을 간단히 살피면 다음과 같다.

처방약으로는 토란고약, 두꺼비 태운 재, 천금누로탕 등을 소개하고 있다. 토란고약은 토란을 으깨 즙을 내서 종이에 발라 만든 것이다. 이것을 환부에 수차례 붙이면 차가운 기운이 독을 제거하고 열을 낮추어 종기가 재발하지 않는다고 한다. 두꺼비 재는 두꺼비의 내장을 꺼내고 진흙으로 입 등 여러 구멍을 막아 태운 뒤 잘게 갈아서 사용한다. 한 번에 한 돈씩을 먹으면 심신이 진정되고 독기도 막는다고 하였다. 이런 치료법으로도 종기가 없어지지 않으면 신약으로 일컫는 천금누로탕을 사용할 것을 권하고 있다. 이 탕은 말린 탱자껍질 등 14가지 약재를 달여 만든다.

치료법으로는 소금물을 데워 환부를 담그는 염탕침인법鹽湯沈引法, 뱀딸기의 뿌리와 잎을 깨끗이 씻어 소금물에 달여 우려낸 물에 목욕하는 염탕목욕법 등 소금물을 이용한 소독치료법을 소개하고 있다.

부득이 환부를 수술해야 할 경우에는 먼저 십자형으로 네 곳을 베어 고름에 섞여 나오는 피를 뽑아내야 한다. 도꼬마리 줄기와 뿌리를 소금물에 달여 씻은 다음 쇠비름과 함께 두들겨 소금에 섞어 붙이고, 천금누로탕에 인동초 등을 더 넣어서 복용하면 된다고 한다.

저자는 토란고약에 대해

> 내가 임진년(1532)에 풍종이 생겨 6년간 차도가 없었는데 이 방법을 쓴 후 완전히 나았다. 이 약을 다른 사람들에게도 시험해 보니 반드시 효험이 있더라.

며 자신감을 보이고 있다. 그는 스스로를 대상으로 임상 실험을 해서 치료법의 안전과 완전한 치유를 확인한 후에야 다른 환자들에게 이를 시술하는 윤리성도 지니고 있었던 것이다.

《조선고전해제》(평양, 사회과학원, 1965)에서는 "《치종비방》은 우리나라의 첫 외과 전문의서로 우수한 절개수술법을 서술한 의서라는 점에서 귀중한 가치를 가진다.

특히 저자가 적용한 십자형 절개법은 조선의학사상에서 뿐만 아니라 세계 어느 나라 의과학에서도 해결하지 못하였던 높은 수준의 과학적 창견이다"라며 극찬하고 있다.

그는 왜 제도권에서 오래 활동하지 못했나?

이 책을 지은 임언국은 중종과 명종 대인 16세기에 활동했다는 사실 외에는 알려진 것이 별로 없다. 물론 임언국이 활동했던 시대와 그보다 앞선 시대에도 종기 치료를 전문으로 하는 명의들이 있었다.

《패관잡기》에는 김순몽金順蒙과 이맹형李孟亨, 그리고 김상곤金尙昆을 이렇게 소개하고 있다.

> 종기를 잘 고치는 의사로 김순몽이 있었다. 성종 말년 이후 (그의) 침과 약의
> 효험을 본 사람이 몇 천 명이나 되는지 알 수 없을 정도이다. 중종이 특별히 통정
> 대부通政大夫로 관위를 올려 주었다. 뒤에 녹사錄事 이맹형이라는 사람 역시 종기
> 잘 고치기로 도성 안에서 명성이 있었는데 군직軍職을 주었다. 그러나 그의 의술
> 은 김순몽에 훨씬 미치지 못하였다. 근래 김상곤이라는 사람은 약방서를 이해하
> 지 못한다. 종기만 보면 곪았는지 아닌지를 가리지 않고 쉽게 손침으로 침을 놓
> 았다. 일찍이 여러 절을 돌아다니며 병든 중들에게 침을 매우 많이 놓았는데 죽
> 은 사람이 절반이나 되었다. (그런데도) 오히려 혜민서惠民署에 소속시켜 봉급을
> 주었다. 중종이 일찍이 풍종에 걸리자 여러 명의들이 모두 들어와 모셨는데, 김
> 상곤에게는 침놓을 곳을 정하게 하고 침은 박세거朴世擧에게 놓도록 하였다. (이
> 는) 김상곤의 거칠고 망녕된 점을 두려워한 것이다.

중종 14년에는 중종반정中宗反正에 참여한 공으로 정국공신靖國功臣이 된
강혼姜渾(1464~1519)이 내의원의 김순몽에게 치료를 받고 싶어 했다. 당시 진
주에 살던 강혼은 눈에 종기를 앓고 있었다. 경상도관찰사 한세환이 일을
갖추어 중종에게 글을 올리자 중종은 이렇게 말하였다.

> 순몽을 보내야 하겠지만 이 사람은 종기 치료를 잘 한다. 만일 위급하게 치
> 료를 하고자 하면 순몽이 아니면 할 수 없다. 내외의 의료기관에서 종기 치료에
> 정통한 사람이 있으면 빨리 보내도록 하라.

이 기록들을 보면 성종 말년부터 중종 때까지 활동한 김순몽은 국왕이

항상 곁에 두어야 안심할 만큼 종기 치료에 있어서는 당대 일인자였음을 쉽게 짐작할 수 있다.

김수량金遂良이라는 전문의도 있었다. 신광한申光漢(1484~1555)의 《기재별집企齋別集》에는 다음과 같은 내용이 있다.

> 종기를 잘 고치는 의사 김수량이 있었는데 (그는 기존의) 약방문을 따르지 않고 마음으로 의술을 터득했다. 비록 이름도 없는 고치기 힘든 부스럼이라도 치료하여 살린 사람만도 매우 많았다. 일찍이 그 효험을 본 사람들이 공을 존귀하게 여겼고, 많은 문사들도 그 일을 노래로 읊어 찬미하였다.

이렇게 임언국보다 다소 먼저인 김순몽, 임언국과 거의 동시대에 살았던 김수량을 비롯한 많은 종기 치료의 명의들이 있었다.

당시 의사들은 신분이 그리 높지 않았으나 아픈 곳을 잘 고친다는 평판을 얻은 명의들은 내의원, 전의감典醫監, 혜민서 등 삼의사三醫司에 소속되는 것이 상례였다. 어느 시대의 봉건 왕조에서나 의술이 탁월한 명의는 제도권에 들어가 아픈 사람을 치료하고 의술을 발전시키는 역할을 맡았던 것이다.

하지만 임언국은 중앙무대에서 성장하지 못한 것으로 판단된다. 김순몽, 김수량과 어깨를 견줄 만한 실력을 가졌던 임언국이 어떤 이유로 중앙무대에서 오랫동안 활동하지 못했을까? 그 이유는 정사룡鄭士龍(1491~1570)의 문집 《호음잡고湖陰雜稿》의 〈침술을 전습하도록 임언국을 거두어 써 주시기를 요청하는 글[請收敍任彦國傳習鍼術狀]〉에서 찾을 수 있다.

> 임언국이 침을 사용하여 종기를 치료하는 묘법이 근래에는 없어졌습니다.

그는 많은 서민들을 치료했을 뿐 아니라 사대부 부인들의 치료하기 어려운 질병까지도 특이한 효험이 많았습니다. 그래서 관직을 제수하기를 청합니다.

언국은 본디 유술儒術를 공격하여 누차 천거하였으나 등용되지 못하고 시골에 거처하여 살고 있을 따름이었습니다. 지난번에 이조에서는 언국이 벼슬의 품위가 일체 없고 관리로서의 재능을 검증하지 않았다 하여 병조로 옮겨 등용하였으니 이는 당연한 것입니다. 일반적으로 품위가 없는 사람은 처음에 9품을 줍니다. 언국에게는 비록 이 벼슬이 낮지는 않았다 하더라도 곳간이 비어 갔습니다. 어떻게 자급하면서 이 직에 오래 머물 수 있었겠습니까?

임언국이 제도권에서 줄곧 성장하지 못했던 가장 큰 이유는 바로 조선 왕조의 통치이념인 유학에 대해 반감을 가지고 있었기 때문이다. 그도 한때는 추천을 받아 병조에 속한 9품 관직에 등용된 적이 있었으나 생계를 핑계로 그만두어 버린다.

그 당시 유학에 대해 공격적인 사고를 가졌다면 관직을 시작하는 것도, 시작한 관직을 계속 유지하는 것도 쉽지 않았을 것이다. 안위는 이 책의 서문에서 임언국이 관직에 임용되어 활동한 사실만을 간단히 소개하고 있다.

일찍이 (임언국이) 이웃 마을을 지나는데 한 사람이 죽어 염을 하려고 하였다. (그가) 침을 놓자 잠시 뒤에 사람이 깨어났다. 조정에서는 이를 듣고 서울에 불렀다. 거주한 지 몇 년 만에 완전히 살린 사람이 무려 만여 명이나 되었다. 임금께서는 특별히 의복을 내리시고 예빈주부禮賓主簿로 삼았다.

이후 임언국이 관직을 그만두고 향리에 돌아가자 정사룡은 어떻게 하면 그가 다시 관직에 돌아와 의술을 펼 수 있을 것인지에 대해 명종에게 구체적으로 설명한다.

> 성상께서는 병을 잘 치료하는 사람들은 모두 의사醫司에 소속시키고 봉급을 지급하게 합니다. 언국의 의술은 하늘로부터 받은 것으로 그의 치료는 효험이 빈번합니다. 일찍이 살린 사람의 수를 전에도 누차 글로 올렸습니다.
>
> 전의감의 의학교수 두 사람은 이미 십 년이 되었고, 이들을 교체할 때를 기다려 언국에게 이 자리(종6품)를 주면 봉급으로 살아갈 수 있을 것입니다. 무릇 교수직은 정직이 아니며, 산자散資 또한 높은 벼슬이 아닙니다. 사람을 살리기 위해 이 벼슬을 준다 하여도 아마 큰 잘못은 없을 것입니다. 언국은 의학에 소속된 관직을 얻어 한편으로는 병을 고치고, 한편으로는 배우고 익힐 것입니다.
>
> 구애됨이 있다 하여 9품의 군직을 주면 봉급이 충분하지 않습니다. 혹 6품을 주는 일과 음재 시험을 언국 한 사람을 위해 가볍게 버릴 수는 없다고 합니다. 그러나 통례원 겸관 이하 여러 관직은 지금 음재 시험에 구애받지 않고, 관직을 먼저 주고 난 뒤에 음재를 시험하는 것이 허락되고 있습니다. 이러한 예를 따라 언국에게도 관직을 먼저 준 뒤에 음재를 시험하여도 법에 거리끼지는 않을 것입니다. 근일에 조성에게도 또한 여러 차례 관직을 주며 군직을 제수한 것은 비록 떳떳한 법은 아니지만 임시적인 편의를 위한 것이었습니다.

정사룡이 이 글을 명종에게 올린 시기는 명확하지 않다. 글의 말미에 군직으로 여러 차례 관직을 받은 조성을 예로 들고 있는데, 그가 이렇게 관직을 받은 시기는 명종 8년(1553)의 일이었다. 그러니까 정사룡이 이 글을 지어 임금께 올린 시기는 이해 혹은 이듬해쯤으로 보면 무난할 것 같다. 그런데 의약, 산수에 뛰어난 조성을 관직에 천거한 사람은 바로 정사룡이었다.

그는 명종 6년(1551) 10월 다음과 같은 내용의 청을 올린다.

생원 조성은 어려서부터 질병이 있어서 버슬을 구하지 않았으나 의약, 율려,
산수 등에 정통합니다. 무엇보다 의약에 대해 두루 깨우친 사람이 없는데 조성은
또 의술에도 정통합니다. 만약 녹봉을 넉넉히 주고, 의사醫司에서 총명하고 민첩
하여 배울 만한 사람을 뽑아 가르친다면 어찌 명의가 나오지 않겠습니까?

이 말을 들은 명종은 조성을 군직에 소속시켜 의약 교육을 전담하도록
하라는 명을 내리게 된다. 이렇게 관직을 시작한 조성은 계속 관직에 있으
면서 품계도 높아지게 된다. 그러나 임언국은 중종 26년(1531)경에 시작한
관직을 다시 잇지 못하고 있었다. 이를 안타깝게 생각한 정사룡이 다시 그
를 6품관으로 임용하여 의학에 전념할 수 있도록 명종에게 글을 올린 것
이다.

이 책의 권수제면에는 '예빈주부인 임언국이 남긴 비방禮賓主簿任彦國遺
方'이라고 되어 있다. 예빈주부는 예빈시禮賓寺의 주부注簿를 말한다. 예빈
시는 외국사절을 대접하고 종실의 음식을 제공하는 기관이었고, 주부는
종6품의 품계였다. 임언국이 종6품으로 조정에서 근무했다는 사실이 확인
된 셈이다. 따라서 당시 정사룡이 올린 계책을 명종이 받아들인 것으로 보
아도 되겠다.

뛰어난 기술을 후대에 제대로 전하지 못해 아쉬워

임언국의 종기 치료법은 후대에도 잘 전해졌을까? 《치종비방》보다 완비

된 종기 치료서인《치종지남治腫指南》은 저자가 누구인지 정확히 알 수는 없지만, 이론적인 측면에서 볼 때 임언국의 제자들이 그의 의술을 이어받아 완성한 책이라고 추정되고 있다. 하지만 임언국 역시 국가기관에 몸을 담고 병을 치료했던 사람이다. 그러니 그가 소개하고 있는 의술을, 동시대에 활동했던 다른 의사들과는 상관없는, 오직 그만의 것이라고 단정하기에는 무리가 따를 수도 있겠다.

임언국보다 한 세기 이상 뒤에 활동한 백광현이라는 종기 치료의 명의가 있었다.《완암집浣巖集》에는 정내교鄭來僑가 1765년에 지은 〈백태의전白太醫傳〉이 전한다. 이 글에서는 임언국이 처음 시도한 외과 수술법에 대한 언급은 전혀 없이 이렇게 적고 있다.

> 백광현은 처음 오직 침만으로 말을 잘 고쳤는데 (이후) 사람들의 종창을 치료함에 특이한 효과를 보았다. 무릇 독이 있고, 뿌리까지 있는 종기는 그 전에는 치료법이 없었다. 그러나 광현은 큰 침으로 째고 독과 뿌리를 제거하였다. 지금 세상에 종창을 째는 법은 백광현으로부터 시작되었다.

백광현이 처음으로 종기를 째서 치료했다고 쓴 정내교는 임언국의 치료법에 대해서는 전혀 알지 못하고 있었던 것이다. 과거 우리 조상들의 뛰어난 기술이 후대까지 전해지지 못한 것은 이를 체계적으로 기록하여 남기지 않았기 때문이다. 절개식 종기 치료법 역시 후대에 제대로 전해지지 못했던 모양이다.

현재《치종비방》이나《치종지남》은 간인본, 필사본을 막론하고 아주 드물게 전한다. 아마 처음부터 전본이 적었던 탓으로 생각된다. 이런 이유로 임언국의 치료법도 더 이상 발전되지 못하고 오히려 잊혀 가기 시작한 것은 아닐까? 단절은 임언국에서 그치지 않았다. 〈백태의전〉을 보면 백광현의 치료법 역시 계승 · 발전되지 못하고 오히려 쇠퇴해 버린 사실을 알 수 있다.

> 후학들이 백광현의 경험한 처방을 전했지만 (아들 흥령을 비롯한) 자손, (박순을 비롯한 제자와) 학자들도 모두 능히 그에 미치지 못하였다. 사람들이 독이 있는 종창이 있어 고치기 어려우면 반드시 세상에 백광현은 없다 하고 탄식하였다.

이 책의 저본인 《치종비방》의 목판본은 임진왜란 때 일본군에 의해 약탈되어 현재 구나이초쇼료부[宮內廳書陵部]와 교토[京都]

《치종비방부》 권말간기

대학에 전한다. 당시 목판본은 《구급양방救急良方》과 함께 간행되어 합본되었다. 안위는 《구급양방》 말미의 발문에서 "(《구급양방》을) 감히 사사로이 감추지 않고 《치종방》 다음에 함께 덧붙여 간행한다"고 하였다.

현재 국내에는 《치종비방》의 사본이 약서명인 《치종방》으로 전하고 있을 뿐이다. 그러나 '진흙'을 '코흙'이라고 하는 등 조선 중·후기의 한글 의학용어를 살필 수 있는 이 책은 국내는 물론 일본에서도 쉽게 찾을 수 없다.

증거와 정황을 신중히 살펴 억울함이 없게 하라

의옥집 疑獄集

증거와 정황을 신중히 살펴
역울함이 없게 하라

의옥疑獄이란 그 내용이나 처결에 의혹이 있는 옥사를 말한다. 범죄 사
건의 여러 정황이 뚜렷하지 않아 명백한 판결을 내릴 수 없는 경우를 대개
의옥이라고 부른다. 그 중에서도 특히 정황이나 증거가 거의 남아 있지 않
은 살인 사건은 그 해결이 매우 어렵다. 그럼에도 불구하고 죽은 사람이
원통하게 죽은 것이라면 그 원한을 없애주어야 하는 것이 통치자의 의무
이다.

조선 후기의 호학군주好學君主였던 정조도 《경사강의經史講義》와 《심리록
審理錄》에서 의옥을 매우 신중히 다룰 것을 강조하고 있다.

> 더없이 신중히 살펴야 하는 것은 의옥이고, 더없이 의심을 가져야 하는 것은
> 음옥陰獄이다. 지금 아무리 《주역》, 《논어》, 《대학》 등에서 나오는 말을 인용하여
> 의옥을 판결하려 해도 경전에는 의옥을 위해 무슨 말이 갖추어져 있는가? 중대한
> 옥사는 반드시 심리의 과정을 두어야 하니 이것은 우리 선대의 임금께서 정하신
> 옛 법이다.

《청분실서목》과 《조선의서지》에 관련 기록이 남아 있어

우리나라에서도 의옥에 대한 논의는 일찍부터 있었다. 고려 문종은 원
년(1047) 6월 다음과 같은 지시를 내린다.

법률이란 형벌을 판단하는 기준이다. 분명하면 형벌이 정당하고, 분명하지 않으면 죄에 대해 경중을 잃게 된다. 지금 시행하고 있는 법률도 잘못된 것이 많으므로 근심하고 있다. 시중 최충은 여러 법관들을 모아 (법률을) 거듭 상세하게 교정을 더하여 분명하고 정당하게 하는데 힘쓰라.

이후 국가의 형벌에 대한 관심은 점차 증대되어 갔다. 법률적 제도를 지원할 서적이 필요하게 되자 문종 13년(1059) 2월 이선정異善貞 등이 처음으로 《의옥집》을 새겨 간행하여 바쳤다. 중국에서 《의옥집》이 처음 완성된 지 약 70여 년이 지난 뒤의 일이었다. 이후 조선 태종 18년(1418) 충청도 홍주에서 다시 《의옥집》을 간행하였다.

《의옥집》은 오대五代 시대의 화응和凝(898~955)이 짓고, 그의 아들 화몽和幪 (951~995)이 보충하여 송나라 옹희 雍熙(984~987) 초기에 왕에게 올린 책이다. 상·중·하 3권으로 구성되었는데 상권은 화응이 지었고, 중·하권은 화몽이 이어 보충했다. 내용은 중국 한나라 이래 역사서에 전하는 청송聽訟과 단옥斷獄, 그리고 원왕冤枉 등을 시대별로 수록한 것이다. 청송이란 사실을 심리하기 위해 소송 내용을 듣는 일, 단옥이란 중대한 범죄를 처단하는 일, 원왕은 억울한 일을 말한다. 그 중에서도 살인의 의옥

《의옥집》

을 실험으로 증명해 보이는 법의학적인 내용이 많다.

버클리대학이 소장하고 있는 이 책은 안타깝게도 마지막 몇 장이 떨어져 나가 몇몇 의옥사와 발문을 확인할 수 없다. 하지만 동일한 판본이 이인영李仁榮의 옛 소장목록인 《청분실서목淸芬室書目》에 전하고 있으니 그나마 다행이다. 《청분실서목》은 특히 이 판본에 대해 비교적 자세히 소개하고 발문까지 수록해 놓았다. 홍주 유학 교수관儒學敎授官인 전예가 지은 발문에는 영락永樂 무술년(1418)에 충청도 홍주에서 간행했다고 한다. 버클리대학 소장본인 이 책은 이때 새긴 목판으로 나중에 인쇄한 것으로 보인다.

《조선의서지朝鮮醫書誌》(大阪, 三木榮, 1956)를 저술한 미키 사카에[三木榮]는 일찍이 이인영이 소장하고 있던 《의옥집》을 직접 본 일이 있다고 한다. 그는 이 책을 천하의 희귀한 책이라면서 《조선의서지》에 자신의 의견을 적어 두었다.

발문에서 명확한 것은 태종 12년(1412)에 《무원록無寃錄》이 간행되었고, 이어 《의옥집》은 태종 18년(1418)에 홍주에서 간행되었다는 사실이다. 고려 문종 13년(1059) 2월에 이선정 등이 《의옥집》 11판을 새롭게 새겨 바치기에 비각에 두었다는 기사가 《고려사》에 있다. 이 오래된 《의옥집》은 이미 망실되었기 때문에 이 책이 원본에 가까운, 현존하는 유일한 것이라고 할 수 있다. 만력 13년에 간행된 《고사촬요攷事撮要》 팔도책판 중에는 영천에 의옥집 판본이 있다고 되어 있는데, 이것은 이본의 하나일 것이다(나는 아직 보지 못했다). 또 《의옥집》이 11판이라는 《고려사》 문종세가의 기사는 판목이 장대하여 1판에 앞면 2장, 뒷면 2장을 포함하는 크기의 판형에 새긴 것으로 보이는데, 이 책이 모두 40판이므로 대략 일치한다.

위의 내용은《청분실서목》의 기록과 함께 완전하지 않은 이 책을 보완해주는 매우 중요한 단서이다. 이 책 40판(장) 중 아버지 화응이 먼저 편찬한 상권은 11판(장)으로, 고려 문종 때 새겼다는《의옥집》11판(장)과 어떤 관련이 있는 것처럼 보인다. 그 당시 먼저 국내에 입수된《의옥집》상권만을 새긴 것은 아닐까?

74건의 의옥사 중에는
나라 잃은 고구려인의 사연도 있어

이 책 상권에서는 의옥사 29건을 소개하고 있는데, 이 중에서 첫 번째 사건을 살펴보자. "돼지 (입속의) 재로 남편을 살피다"라는 뜻의 〈저회험부猪灰驗夫〉이다.

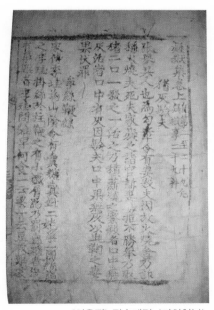

《의옥집》권수제면 〈저회험부〉

> 장거는 오나라 사람이다. 구장의 현령이 되었는데, 어떤 아내가 남편을 살해하고는 불을 질러 집을 태우고 남편이 불에 타 죽었다고 거짓말을 했다. 남편 집안에서는 의심스러워 관청에 와서 하소연을 했는데, 아내는 거부하며 감정을 참지 못했다. 장거는

이에 돼지 두 마리를 가져다가 한 마리는 미리 죽이고, 한 마리는 산 채로 장작 위에 놓고 불을 지르고 살렸다. 그랬더니 미리 죽인 돼지는 입속에 재가 없는데, 산 채로 불태운 돼지는 입속에 재가 있었다. 그래서 남편 입속을 살피니 과연 재가 없었다. 이것으로 묻고 조사하였더니 아내는 과연 죄를 순순히 인정하였다.

중권에는 의옥사 31건이 있다. 그 중 "간통을 위해 개를 훔치게 하다" 라는 뜻의 〈도견위간盜犬爲奸〉을 보자.

당나라 배균이 양양의 수령으로 있을 때였다. 마을의 한 아내가 바깥사람과 정을 나누고는 병을 핑계 삼아 남편에게 "의사가 말하기를 사냥개 고기를 먹으면 반드시 차도가 있다고 합니다"라고 전하면서 "오늘의 병은 그대께서 낫게 해주실 수 있으니 첩을 위해 큰 개 한 마리를 잡아 주어 이것을 먹는다면 죽어도 여한이 없겠습니다"라고 하였다. 남편이 "우리 집에는 개가 없는데 어찌하면 얻을 수 있겠소?" 하자 아내는 "동쪽 이웃집에 개가 있는데 매번 와서 먹을 것을 훔치니 그대께서 때려죽이소서" 하였다. 남편은 "알았다"고 하고, 아내 말을 따라 개를 죽여 그 고기를 아내에게 갖다 주었다. 아내는 먹고 나서 남은 고기를 작은 대나무 상자에 남겨 두었다. 남편이 나가자 이웃집에 남편을 고발하도록 했다. 배균이 "개를 훔쳐 죽이는 것에 대해 국가에는 형벌이 있다"며 개를 훔쳐 잡은 것에 대해 남편을 신문하니 인정하며 아내가 하고자 한 바라고 갖추어 말하는 것이었다. 배균은 "이는 아내가 다른 사람과 간통하여 남편을 법에 걸리도록 한 것이다"라고 판단하고, 아내를 캐물어 바깥사람과 정을 통하고자 하여 남편을 속인 것을 알게 되었다. 이에 아내와 간통한 사람은 법에 따라 처리하고 남편은 석방하였다.

하권에는 의옥사 24건이 있다. 이 중에는 전국시대 유세가의 대표적인 인물인 소진蘇秦에 관한 내용도 있다. "소진이 죽어 마차로 찢어지다"라는 뜻의 〈진사거열秦死車裂〉이다.

소진이 제나라에 있을 때였다. 제나라의 한 대부가 임금의 총애를 더 받고자 하여 사람을 시켜 소진을 칼로 베었으나 죽이지는 못하고 달아나 버렸다. 소진이 거의 죽게 되자 왕은 범인을 찾고자 했으나 잡지 못했다. 소진은 죽기 직전 왕에게 "신이 죽은 뒤에 왕께서는 마차로 신을 찢고 저자에 내보이며 소진은 연나라를 위해 우리나라에서 난을 일으키려 했다고 하소서. 이렇게 하시면 신을 칼로 벤 사람을 반드시 잡을 수 있습니다"라고 말하였다. 제나라 왕이 죽은 소진의 말대로 했더니 과연 자객이 나타났다. 그래서 왕은 그 사람의 목을 베었다.

《의옥집》은 처음 편찬된 이후 후대 사람들에 의해 개찬改撰되었다. 개찬이란 책을 고쳐 다시 짓는 것이다. 처음 3권을 명나라 때 와서 4권으로 늘리고, 후대의 의옥사도 포함시켜 보충하였다.

《사고전서총목제요四庫全書總目提要》의 《의옥집》 조에는 "지금 전하는 4권본은 후인들이 나눈 것으로 의심이 된다"라고 하면서도 《속의옥집》 6권과 합하여 10권으로 된 《의옥집》을 수록하고 있다. 내용을 보태고 권수를 늘리는데 그치지 않고, 각 의옥사의 제목을 바꾸기도 했다. 가장 먼저 나오는 의옥사인 〈저회험부〉도 《사고전서》에 수록된 《의옥집》에는 "장거가 돼지를 태워 분간하다"는 뜻의 〈장거변소저張擧辨燒猪〉로 되어 있다.

《의옥집》은 권수나 내용만 후대에 개찬된 것이 아니다. 전체 분량이 많지 않아서인지 명나라 정극鄭克은 《의옥집》의 사례들을 《절옥귀감折獄龜鑑》이라는 자신의 저작에 편입시켜 버렸다. 그래서 동일하지는 않지만 대체

《사고전서》에 수록된 《의옥집》

적인 사실은 《절옥귀감》에 수록되어 있다. 《절옥귀감》은 《의옥집》과는 달리 의옥사를 먼저 사안별로 분류한 다음 소제목 없이 인명으로 구분하고 있다. "실을 다투기에 실을 매질하다"라는 뜻의 〈쟁사편사爭絲鞭絲〉와 같은 사례는 분리되기도 했다.

송나라 부계규가 산음현령이 되었다. 설탕과 바늘을 파는 두 노파가 실 한 꾸러미를 두고 다투었다. 계규는 기둥에 실 꾸러미를 걸어 놓고 회초리로 때리니 쇠 부스러기가 조금 나와 마침내 설탕 파는 노파를 벌주었다.

닭을 두고 다투는 사람이 있었다. 이에 계규는 닭이 아침에 무엇을 먹었는지를 물었다. 한 사람은 좁쌀이라고 하고, 또 한 사람은 콩이라고 했다. 그래서 닭을 잡아 모이주머니를 갈라 보니 콩이 있었다. 드디어 좁쌀이라고 말한 사람을 벌주었다. 지역 사람들이 신명하다고 일컬었다.

모두 74건의 의옥사 중에서도 비록 나라는 망했지만 끝내 고구려인의 자존심을 잃지 않았던 절세미인 옥소玉素의 이야기는 못내 가슴을 뭉클하게 한다.

당나라의 중서사인인 곽정일이 평양을 쳐부수고 고구려의 한 여자종을 붙잡았는데 이름은 옥소였다. 몹시 아름답고 예뻐서 재물창고를 오직 옥소에게 맡겼다. 곽정일이 어느 날 밤에 국물과 죽을 기다리는데 옥소가 아니면 끓일 수 없었다. 그런데 옥소는 음식에 독약을 넣었다. 오랫동안 옥소를 찾았으나 붙들지 못했고, 금은 그릇 40여 점이 함께 없어진 것을 알았다. (중략) 위창은 호위병사에게 "최근 열흘 안에 누가 곽정일 중서사인 집에 왔었는가?' 하고 물었다. 그러자 호위 병사가 "투항한 고구려 사람이 집안의 마부에게 편지를 남기고 갔습니다" 라고 말하였다. 편지를 살펴보았더니 "금성방 안에 빈집이 한 채 있다"는 글만 있었다. 바로 위창은 금성방으로 가서 빈집들을 수색하였다. 어떤 빈집에 이르자 문이 아주 굳게 잠

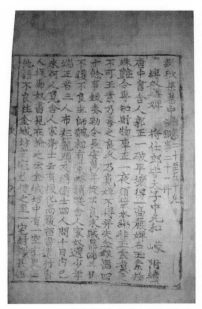

옥소의 이야기인 〈박노잠비〉

거 있었다. 자물쇠를 부수고 열어 보니 투항한 고구려 사람이 마부와 함께 공모하여 옥소를 그곳에 숨겨 두고 있었다. 황제의 명령으로 동쪽 저자거리에서 목을 베었다.

물론 위의 내용은 곽정일의 죽음과 관련해 볼 때 역사적인 사실로 보기는 어렵다. 그렇지만 옥소가 고구려를 공격한 상대의 장군을 독살하고, 거짓으로 항복한 고구려인과 마부가 공모하여 옥소를 도피시켰다는 것이야말로 고구려를 부흥시키고자 한 고구려인들의 투쟁이 아니고 무엇이었겠는가?

일본까지 전해진 법의학 지침서 《신주무원록》

《의옥집》은 조선 중기에 와서는 그리 많이 이용되지 않은 것 같다. 왜 그랬을까? 이 책보다 더 많은 내용을 다루고 있는 다른 법의학서가 유행했기 때문이다.

이 책을 간행하기 6년 전에 이미 원나라 왕여王與(1261~1346)가 14세기 초·중기에 편찬한 《무원록》을 간행하였으나, 의옥 해결에 이용하기에는 부족한 점이 있었다. 이에 세종이 1438년 최치운崔致雲 등에게 음훈과 주해를 덧붙여 《신주무원록新註無冤錄》을 간행하도록 한 것이다. 이 책은 《의옥집》과는 달리 시체를 검안하는 구체적인 방법까지 제시하고 있어 《의옥집》의 한계를 뛰어 넘고 있었다. 《의옥집》보다 20년 후에 간행된 이 책은 일본까지 전해질 정도로 널리 이용되던 법의학 지침서였다. 발문을 쓴 손조서孫肇瑞는 이 책을 간행한 이유를 이렇게 설명하고 있다.

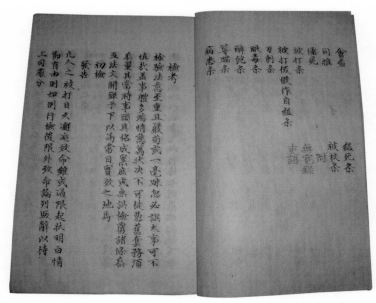

시체검안서인 《검고》

　　우리 전하께서는 《무원록》의 검안이 일목요연하여 법관의 기준이 된다고 보
시어 신 이조참의 최치운 등에게 명하여 자세하게 음훈과 주석을 덧붙이고, 어렵
고 심오한 것은 해석하도록 하였다.

　　그 결과 우리나라 사람이 잘 이해할 수 있는 《신주무원록》이 탄생했고,
이후 정조 때 《증수무원록增修無寃錄》까지 간행되자 살인에 관한 의옥을 해
결할 때는 주로 이 책들을 이용하였던 것이다. 그렇다고 해서 《의옥집》이
전혀 이용되지 않은 것은 아니었다. 《의옥집》은 살인 사건에 관련된 사례
와 이외에도 고도의 심리전을 통해 범인을 색출하는 방법까지 소개하고
있기 때문이다.

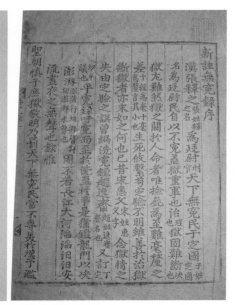

일본 사본《신주무원록》　　　　《신주무원록》

　　의옥사를 잘 해결했던 인물이 중국에만 있었던 것은 아니다.《동각잡기
東閣雜記》에는 너그러운 마음과 큰 기량을 가진 정광필鄭光弼(1462~1538)이 의
옥을 해결한 내용이 소개되어 있다. 의옥사는 중종 11년(1516) 신주神主를
도둑맞은 일이었다.

　　　　사람들은 모두 하인배들이 관리들을 모함하기 위하여 한 짓인가 의심하였
　　다. 그래서 이곳 참봉과 잡역부들을 가두고 신문했으나 끝내 단서를 잡지 못했
　　다. 정광필이 신문을 맡은 관리가 되자 "이 사건은 의옥이다. 만약 범인을 찾아내
　　려면 엄한 고문으로 억울하게 형벌을 받을 자가 반드시 많아질 것이다"라며 완
　　화시켜 억울하게 죽은 사람이 없었다. 후일 형조에서 우연히 도적을 잡아 전후에

저지른 범행을 묻자 "신주를 훔쳐 어느 바위 아래에 두었습니다"라고 실토하였다. 그 말대로 신주를 찾으니 사람들이 모두 정광필의 식견이 귀신과 같다며 진심으로 감동하고 복종하였다.

정광필은 후일 김안로의 모의 때문에 귀양을 가게 되었다. 결백 사실이 밝혀져 그가 다시 서울로 돌아오자 아이들과 군졸들까지 기뻐하며 춤추지 않은 사람이 없었고, 심지어는 눈물까지 흘리는 사람도 많았다고 한다. 훌륭한 인품으로 의옥을 슬기롭게 해결한 하나의 사례라고 하겠다.

沿革

開城府即高麗舊都也新羅松嶽郡

　疆域
東至沙川長湍府界七里南至祖江通津府界五十里西南至堂頭浦喬桐府界四十里西至天補江華府郡界二十六里西北至鳥足里金川郡界八十里東北
至斗谷里長湍府界五十里北至首龍山金川郡界八十里東北　增陽德祠

沿革
開城府即高麗舊都也新羅松嶽郡本高句麗扶蘇

최고의 학자, 기생, 서예가의 고향인 그곳

송경지 松京誌

松京誌卷之二

疆域

東至沙川長湍府界七里東南至東江長湍府界四
十里南至祖江通津府界五十里界天磨江華府
界四十里西南至堂頭浦喬桐府界四十里西至
碧瀾渡白川郡界三十六里西北至烏足里金川
界四十里首龍山金川郡界八十里東北

오늘날의 개성開城은 송도松都라고도 하는데, 도읍지와 연관시켜 부르는
이름도 여럿이 있다. 개경開京, 중경中京, 송경松京 등이 그것이다. 고려가 개
국되면서 개경이었는데 문종 때 와서 평양을 서경西京, 한양을 남경南京, 개
경을 중경이라고 하면서 이후 중경이라고 부르게 되었다. 조선도 처음에
는 개성에 도읍을 정하였다가 뒤에 서울로 옮겼으니, 고려의 도읍지이자
조선의 옛 도읍지도 되는 셈이다.

깍쟁이와 충신 들이 살던 국제무역 도시

개성은 일찍부터 국제무역이 성행하던 개방 도시였다. 현재도 개성상
인, 곧 송상松商이라고 하면 사업 수완이 좋은 사람을 떠올리게 된다. 10원
어치 술은 사주어도 꿔준 1원은 꼭 받는다고 해서 '개성 깍쟁이'라는 말을
들을 정도로, 이곳 사람들은 성격과 기질이 분명하고 냉정하다. 이러한 기
질은 국제무역항인 개성의 지리적 특성에서 자생한 것으로 보이는데, 이
덕형李德泂(1566~1645)은 《송도기이松都記異》에서 개성의 풍속에 대해 이렇게
말하였다.

숭정 기사년(1629)에 나는 개성유수로 나갔다. 세대가 멀어지면서 고려시대
의 남은 풍속은 변하거나 거의 없어졌다. 오직 장사하고 이익을 다투는 습관만은
옛날에 비하여 더욱 성하였다. 이 때문에 백성들 살림의 넉넉함과 물품과 재화의

《송경지》

풍부함이 우리나라에서 제일이라고 말할 수 있다. 시장의 풍속은 저울눈을 가지고 다투기 때문에 당연히 사기로 소송하는 것이 많을 것 같지만, 순박하고 여유 있는 운치가 지금까지도 남아 있어서 문서 처리가 자못 간단하다. 매번 긴 여름에도 문서를 다 끝내어도 해는 점심때였다.

순박하고 여유로운 마음은 자연히 천성을 어질고 부드럽게 만들었고, 이러한 천성은 미물을 죽이는 것조차 싫어하는 풍속으로 나타났다.

그렇지만 관리들에게 아첨을 잘하는 습성도 있었던 모양이다. 신흠申欽 (1566~1628)은 《상촌선생집象村先生集》에서 "송도의 풍속은 아첨을 잘한다. 무릇 유수 등의 관리들이 임기가 끝나면 인물의 현명함은 따지지도 않고 비석을 세워 송덕을 하며 길 왼쪽에다 나란히 세워둔다"며 현량賢良하지 못한 풍속을 꼬집고 있다.

다른 지역과는 달리 외지인이 개성에서 만든 계인 '송도계원契員'도 유명했다. 권세를 믿고 거만한 사람을 일컫는 말인데, 현지에서 벼슬하던 서울의 명문가 자제들이 계를 만들어 즐기던 풍속에서 유래한 것이다.

고려 왕조의 도읍지 개성은 조선이 개국하면서 충절의 고장이 된다. 제일 먼저 〈단심가丹心歌〉를 남기고 선죽교에서 이방원李芳遠의 수하인 조영규趙英珪 등에게 피살되었다는 포은圃隱 정몽주鄭夢周(1337~1392)를 꼽을 수 있다. 그날의 일을 성현成俔(1439~1504)의 《용재총화慵齋叢話》에서는 이렇게 적고 있다.

> 하루는 제자인 권우(1363~1419)가 찾아뵈니 포은은 마침 나가려고 하였다. 뒤를 따라 마을을 나가니 무사 몇 사람이 활과 화살을 차고 말머리를 가로막았다. 피하지 않음을 꾸짖었으나 무사들이 피하지 않았다. 포은은 권우에게 "나를 따르지 말고 빨리 가라"고 하였다. 그래도 권우가 홀로 따라가자 포은은 "왜 내 말을 듣지 않는가?"라며 매우 화를 내었다. 어쩔 수 없어 돌아갔더니 조금 있다가 어떤 사람이 "정시중이 살해당했다"고 말하였다.

고려 왕조를 무너뜨리고 도읍까지 옮긴 조선 왕조에 대해 그들은 반감을 가질 수밖에 없었다. 정몽주와 같은 일편단심의 충절은 물론이고, 심지어는 여인네들과 무당까지 합세하여 노골적인 반감을 드러냈다. 여인네들은 조선 태조 이성계의 목을 조르는 모양을 한 조랭이 떡국을 만들어 나라 잃은 서러움을 표현했고, 무당들은 최영崔瑩(1316~1388) 장군의 영정을 모심으로써 고려에 대한 충절을 보여준 것이다. 이러한 전통은 지금까지도 이어지고 있다.

빼어난 자연풍광이 있던 재자가인의 고향

채수蔡壽(1449~1515)가 《유송도록遊松都錄》에서 "송경은 고려의 도읍지였던 만큼 산수가 기려奇麗하여 동방에서 제일이다"라고 했을 정도로 개성은 자연풍광이 빼어난 곳이다. 《세종실록》〈지리지〉에서는 자하동의 중 찾기, 청교의 손님 보내기, 북산의 연기와 비, 서강의 바람과 눈, 백악의 갠 구름, 황교의 저녁노을, 장단의 돌벽, 박연폭포 등 여덟 곳을 송도팔경松都八景으로 소개하고 있다.

개성 하면 송도팔경 중 하나인 박연폭포를 말하지 않을 수 없다. 왜 폭포의 이름이 박연朴淵인가? 이 책의 권3에는 이 사실을 알려주는 박진사와 그 어머니의 슬픈 전설이 있다.

> 대흥동에 있다. 전설에 따르면 옛날에 박진사라는 사람이 이곳에서 퉁소를 불고 있었다. 폭포 아래 못 속에 살던 용녀가 그 소리에 감응하여 밖으로 나와서 박진사를 남편으로 삼았다. 그래서 박연이라고 부르게 되었다. 그 어머니는 (아들을 찾아) 이곳에 와서 울다가 못에 떨어져 죽었다. 그래서 이 못은 고모담姑母潭이라고 한다. 못 위에는 신을 모시는 사당이 있는데 가뭄이 올 때 기우제를 지내면 비가 온다.

용녀와 백년가약을 맺고 연못에 들어간 박진사의 성 '박'과 못을 뜻하는 한자 '연'이 합쳐져서 폭포의 이름이 된 것이다.

우리나라를 대표하는 철학가요 사상가인 서경덕徐敬德(1489~1546)의 어린
시절에 관한 이야기도 전한다. 어려서부터 영민했던 서경덕은 부모가 채
소를 솎아 오라는 심부름을 시키면 늦게 오면서도 광주리를 채워 오지 않
았다. 부모가 그 까닭을 물어 보니 알에서 깨어난 새 새끼가 하루는 한 치,
그 다음날은 두 치, 또 그 다음날은 세 치를 날다가 마침내 완전하게 나는
것을 보고 그 이치를 생각하느라 광주리에 채소를 가득 채워 오지 못했다
는 것이다. 벼슬도 버리고 개성의 화담花潭 곁에 초가집을 짓고 학문과 교
육에 전념하였으므로 사람들이 그를 존경하여 '화담'이라 불렀다고 한다.
제자들을 데리고 시냇가를 걷다가 때로 술을 마시면 아이들에게 도연명陶
淵明의 〈귀거래사歸去來辭〉를 외우게 하고 춤도 추도록 하였다.

어머니 현금玄琴을 빼닮아 용모가 아름다운데다 글을 잘 알아 당나라 시

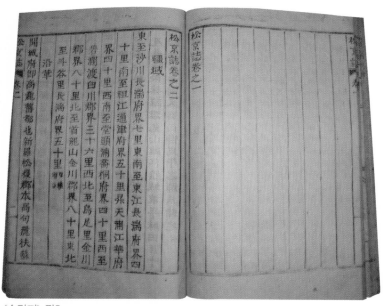

《송경지》 권2

를 보기 좋아했다는 황진이黃眞伊 역시 송도의 인물이 아닌가. 일찍이 서경덕을 사모하여 매번 그 문하에 나가 뵈었는데, 서경덕 역시 거절하지 않고 함께 담소를 나눴다고 한다. 세상 사람들은 이 두 사람과 박연폭포를 들어 송도삼절松都三絶이라고 불렀다.

우리에게 잘 알려진 석봉石峯 한호韓濩(1543~1605) 역시 이곳 사람이었다. 그는 많은 글씨를 남겼는데, 자신이 가장 힘을 들여 쓴 글씨는 바로 서경덕의 비석이었다고 한다.

개성은 최고의 철학자 서경덕과 최고의 기생 황진이, 그리고 최고의 서예가 한호가 살던 땅으로 자연과 인물 모두 볼 만한 것이 많은 지역이었다.

《송경지》가 걸어온 기나긴 여정

개성 지역의 읍지는 인조 26년(1648)에 김육金堉(1580~1658)이 완성한 《송도지松都誌》에서 비롯된다. 그 당시 김육은 이전에 전하던 기록 중에서 잡다한 것은 빼고 나라의 흥망과 교화敎化의 득실, 인재人才의 성쇠, 고금의 풍속 등을 간략히 기록하여 《송도지》를 만들었던 것이다. 그는 발문에서 《송도지》를 편찬하게 된 까닭을 이렇게 적고 있다.

> 송도는 오백 년 동안 한결같이 임금이 나라를 다스린 대업이 있었던 땅이므로 읍지가 없을 수 없다. 수차례의 전쟁으로 화재를 당하여 증거가 될 만한 문헌이 없고, 내가 옛 유적을 찾아서 물어도 아는 사람이 없어 몹시 억울하고 원통하였다. 장연 땅의 부사를 지낸 조신준曹臣俊(1573~?)은 나이가 거의 80세나 된 한 고을의 노인이다. (그가 지은) 《송도잡기松都雜記》가 있는데 옛 역사를 참고하고 간

간이 세상의 풍속도 수록해 놓았다. 나는 이 책을 보고 또 《신증동국여지승람新增
東國輿地勝覽》에 기재된 것들도 주워 모아 이 책을 만들었다.

이후 개성의 읍지는 《송도지》를 바탕으로 해서 《송도속지松都續誌》 등의
서명으로 계속 증보되어 간행되기 시작한다.

이 책은 이전에 편찬된 읍지를 참고하여 순조 30년(1830)에 목활자로 간
행했으며, 모두 10권 5책으로 구성되어 있다. 당시 개성 출신들은 자신의
능력에 합당한 대우를 받지 못하는, 지역 차별의 대상이었던 것으로 보인
다. 이러한 사실은 이 책에 있는 김이재金履載(1767~1847)의 서문을 통해 알
수 있다.

> 우리 조정이 태평의 정치를 하던 초기에는 이름이 있고 어진 신하는 모두 중
> 경(개성) 사람이 아님이 없었다. 중기 이후에도 서경덕의 학행과 차천로車天輅의
> 문장이 훤히 빛나서 일찍이 조정에 나아가고 국정을 돕지 않음도 없었다. (그러
> 나) 습속이 날로 병들고 어진 사람의 행로가 날로 막히어 지금은 비록 훌륭한 재
> 주와 솜씨가 있는 선비가 있다 하더라도 중경 사람이라고만 하면 억압하고 배척
> 을 받아 등용되지 못한다. 하찮은 관직과 적은 녹봉으로 마침내 간직한 바를 펴
> 지 못하니 이는 또 무슨 까닭인가?

마침 김이재가 개성유수留守로 있던 순조 23년(1823) 봄이었다. 《중경지中
京誌》를 편찬한 지역 사람이 직접 그 책을 가져와서 김이재에게 보이며 교
정하여 간행할 것을 의뢰하였다. 김이재가 여유가 생기는 대로 교정하고
고사와 고적들을 덧붙여서 간행한 것이 바로 이 책이다.

대체로 고서는 책을 펼치면 먼저 서문序文이 나온다. 그리고 본문이 끝

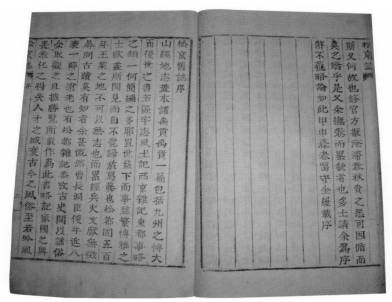

松京誌

斯又何故也修官方壅滯秦秋貴之惡可因循而
莫之矯乎是又余撫卷而累歎者也多士請余爲序
辭不獲略論如此甲申暮春留守金□載序

松京誌序

山經地志蓋本諸禹貢禹貢一篇包括九州之博大
而後世之書若區宇志風土記西京雜記東都事略
之類一何簡之多耶豈世益下而事益繁博雅之
士欲盡所聞見而不覺歸於蕩也松都固五百
年王業之地不可以無志也而累經兵火文獻無
徵尋問古蹟莫有知者余甚慨然曾長洞臣俊年近八
表一鄕之遺老也有松都雜記慕放古史間以謠俗
余觀之且摭覽所載作為此書略記家國之興
衰敎化之得失人才之盛衰古今之風俗至若吟風

김이재의 서문 끝부분

난 뒤에 발문跋文이 있다. 서문에는 그 책의 완성 과정과 서문을 쓰게 된 동기 등이 있고, 발문에는 그 책을 간행한 이유가 있다. 특히 우리나라의 고서는 별도의 간행 기록이 없는 경우가 많기 때문에 서문과 발문은 그 책의 간행 사실에 관한 단서를 제공하는 중요한 정보원이 된다.

책을 간행하는 입장에서는 그 책의 권위와 가치를 드러내기 위해 당대의 고위 관직자나 대학자에게 서문을 의뢰하는 경우가 많다. 서문을 의뢰받은 사람이 스스로 글을 쓰기 곤란한 사정이 생기면 문장을 잘하는 사람에게 대신 짓도록 부탁하기도 했다. 그러나 책을 간행할 때는 원래 부탁 받은 사람이 서문을 지은 것처럼 하였다.

이 책이 바로 그런 경우에 해당한다. 서문을 쓴 사람은 김이재로 되어

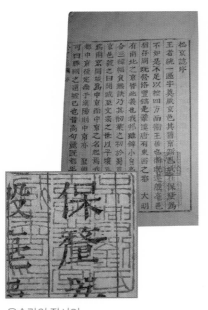
유승간의 장서인

있다. 그는 이미 개성부 유수留守를 역임한 뒤 한성부 판윤判尹 등을 지냈던 인물이다. 이 서문만 보면 그가 직접 글을 지은 것으로 볼 수밖에 없다.

그런데 정약용丁若鏞(1762~1836)의 《다산시문집茶山詩文集》을 보면 이 서문이 있고, "계미년(1823)에 남을 대신하여 지었다"고 되어 있다. 내용 또한 완전히 동일하다. 결국 이 책의 서문은 갑신년(1824) 3월에 김이재가 지은 것이 아니라, 이보다 한 해 전에 정약용이 대신 지어 김이재에게 준 것이었다.

만약 이 글이 《다산시문집》에 남아 있지 않았더라면 이러한 사실을 전혀 알 수 없었을 것이다. 그런데도 김이재는 서문 끝에서 "많은 선비들이 나에게 서문을 요청하는데 사양해도 안 되므로 대략 이와 같이 밝힌다"라고 하여 마치 자신이 지은 것처럼 적고 있다. 요즘이라면 생각조차 할 수 없는 왕조 시대의 일이다.

이 책에는 '오흥유씨가업당장서인吳興劉氏嘉業堂藏書印'이라는 장서인이 있다. 이를 통해 이 책이 청나라 말기의 장서가이자 학자인 유승간劉承幹의 옛 소장본이었음을 알 수 있다. 그는 조선에 관심이 많아 청나라 고증학자 유희해劉喜海가 우리나라 삼국시대부터 고려시대까지의 금석문을 모아 1832년에 편집한 《해동금석원海東金石苑》과 고종 때의 문신 서상우徐相雨(1831~1903)가 편집한 발해의 강역과 지명의 고증에 관한 연구서 《발해강역고勃海疆域考》를 교정하여 간행한 사람이다.

이 책이 간행된 지 25년이 지난 철종 6년(1855)에는 이 책에 1권을 더 보탠 11권 분량의 《중경지》가 간행되었다.

목활자로는 한 번에 많은 부수를 찍기 어렵기 때문인지, 국내에서 확인할 수 있는 《송경지》는 언뜻 보아도 원문이 손상된 전본밖에 없다. 간행될 당시의 모습을 그대로 간직하고 있는 이 책은 우리나라에서 간행되어 중국 장서가의 손에 들어갔다가, 다시 일본을 거쳐 미국으로 갔으니 오랜 세월 동안 순탄치 않은 여정을 거친 셈이다.

찾아보기

ㅈ